公元787年，唐封疆大吏马总集诸子精华，编著成《意林》一书6卷，流传至今
意林：始于公元787年，距今1200余年

一则故事 改变一生

凡尔纳经典科幻系列

地心游记

JOURNEY TO THE CENTER OF THE EARTH

[法]儒勒·凡尔纳 著
张锁迪 刘瑜 译

吉林摄影出版社
·长春·

图书在版编目（CIP）数据

地心游记 /（法）儒勒·凡尔纳著；张锁迪,刘瑜译. -- 长春：吉林摄影出版社，2017.8
（凡尔纳经典科幻系列）
ISBN 978-7-5498-3189-0

Ⅰ.①地… Ⅱ.①儒… ②张… ③刘… Ⅲ.①科学幻想小说－法国－近代 Ⅳ.①I565.44
中国版本图书馆CIP数据核字(2017)第159907号

凡尔纳经典科幻系列·地心游记
FANERNA JINGDIAN KEHUAN XILIE · DIXIN YOUJI

出 版 人	孙洪军
总 策 划	顾 平
出 品 人	杜普洲
主 编	宋春华
责任编辑	吴 晶
图书策划	宋春华
图书统筹	于丽丽
执行编辑	韦文菡　于丽丽
设计总监	资 源
封面设计	资 源
美术编辑	张 龙
发行总监	李振红
营销总监	王俊杰
开 本	700mm×1000mm 1/16
字 数	150千字
印 张	11
版 次	2017年8月第1版
印 次	2017年8月第1次印刷

出 版	吉林摄影出版社
发 行	吉林摄影出版社
地 址	长春市泰来街1825号
	邮编：130062
电 话	总编办：0431-86012616
	发行科：0431-86012602
网 址	www.jlsycbs.net
经 销	全国各地新华书店
印 刷	北京嘉业印刷厂
书 号	ISBN 978-7-5498-3189-0　　　　定 价：23.80元

版权所有　翻印必究
（如发现印装质量问题，请与承印厂联系退换）

目录

第一章	来自地心的"邀请"	1
第二章	说走就走的旅行	11
第三章	一切准备就绪	21
第四章	启　程	31
第五章	秘密是真的	43
第六章	地下的汉斯河	53
第七章	迷　路	65

目 录

第八章	地下海洋	77
第九章	驶离克劳伊港	87
第十章	航海日记（上）	95
第十一章	航海日记（下）	103
第十二章	回到克劳伊港	117
第十三章	地心巨人	131
第十四章	打开前方通道	143
第十五章	重见天日	159

第一章 来自地心的"邀请"

世界上的事，就是这么奇妙，因为我的无心之举，却揭开了这个惊天大秘密！我兴奋得快要跳起来了，其实，叔叔的推论是有道理的，只是没有发现最后的关键所在。

我永远也不会忘记那一天。因为从那天开始，我的生活发生了翻天覆地的变化，现在回想起来还是觉得不可思议。

1863年5月24日，我正懒洋洋地躺在客厅的长椅上，看矿物杂志。突然，保姆玛莎慌慌张张地来到我跟前："亨利少爷，老爷提前回来了，我午饭还没有做呢，他不会怪我吧？"

我抬头朝窗外望去，叔叔真的回来了。我有些奇怪，平时这个时间叔叔是不会回家的，发生了什么事儿。

我的叔叔哈德，是一位了不起的地质学和矿物学的教授，他只要看看矿物的外形，听听敲击的声音，就能知道这种矿物的种类，因此许多人都非常仰慕我的叔叔。

在叔叔的影响下，我也对矿物研究产生了浓厚的兴趣，是叔叔的得力小助手。叔叔虽是一名大学教授，但他从不在乎学生成绩的好坏，也不在意自己讲的东西学生能否听懂，他总是沉浸在自己的世界里，好像是自己在给自己讲课。

叔叔身材高大，虽然40多岁了，但看上去仿佛有用不完的精力，两只眼睛闪闪发光，酒瓶底厚的镜片都挡不住他双眼的神采。他的鼻子又薄又长，像只刀片，许多调皮的学生都在私下里悄悄地说："哈德教授的鼻子多像磁铁，应该能把铁片吸住呢！"

虽然叔叔是个学者，但生活富足。他一直都没有结婚，有一个养女，名叫克劳伊，再加上保姆玛莎和我，我们是一个幸

第一章
来自地心的"邀请"

福的四口之家。

叔叔为人正直,学识渊博,受人敬仰。不过他也有一个缺点,就是容易急躁,是个一点就着的火暴脾气,不然也不会把玛莎吓成这副样子。今天叔叔回来得这么早,想必出了什么事,我可不想把他惹火了。

正当我想悄悄地溜回房间时,叔叔火急火燎地喊道:"亨利,快来快来!到我书房里来!"

"天啊!我还是没有躲掉。"我在心里哀号一声,只好向书房走去。

走进书房,就看到叔叔坐在一张大大的靠背椅上,手里捧着一本破旧的书,一动不动,连外套都没来得及脱。

看到我进来,他连忙把书举到我面前,眼睛里闪现出异样的神采,说:"亨利,快看!这是今天我在一家书店里发现的,这是一本神奇的书!"

我兴致并不高,只好附和道:"这确实是本好书。可是叔叔,您为什么要买这样一本破烂不堪的书呢?"

"这本书可了不得呢!你看,当你把它翻开时,即使不用手按住,它也不会倒翻回去,而且合上时连个缝隙也没有。还有还有!看看这封面,时隔700多年,竟然都没有损坏!"叔叔兴奋地向我演示着,"这本书是12世纪,冰岛著名作家写的。讲的是关于当时统治冰岛的那些挪威国王的传说。"

听到这里,我有了一些兴趣,于是问:"这本书翻译过来了吗?"

"翻译?这本书是用冰岛文写的,并且还是一个手抄本!"

"冰岛文?手抄本?"我从叔叔的手中拿过那本书,仔细

看起来,一张羊皮纸突然从书中掉落出来。

"这是什么?"叔叔将羊皮纸捡了起来,小心翼翼地将它摊开,羊皮纸上记录着一些奇奇怪怪的,像是文字又像是符号的东西,叔叔像发现了新大陆一样兴奋,连忙戴起眼镜趴在桌上仔细研究起来。

我必须要展示一下这些奇怪的符号,正是因为这些奇怪的文字,使我和叔叔踏上了不可思议的奇妙之旅。

叔叔正全心全意地研究羊皮纸上的文字,保姆玛莎探进头来说:"老爷、少爷,午饭好了,请到餐厅用餐吧!"

"着什么急!"叔叔吼道。玛莎不敢多言,急忙转身跑开了。看这情形,我只好一个人到餐厅等着叔叔。可是饭菜都凉了,也不见叔叔出来。

"老爷今天怎么了?可真是反常。"玛莎嘟囔道。我心中也隐隐觉得奇怪,还有一丝不安。这时叔叔突然大叫:"亨利,快上来!"我哪还敢多待,立刻丢下手里的苹果,赶紧回到书房。

"是鲁尼文!一定是的!"刚回到书房,就听到叔叔不停地重复着这句话。叔叔的姿势甚至和我出去前一模一样,依然认认真真地盯着那些神秘的符号。

第一章
来自地心的"邀请"

"亨利，你坐下，我现在要把这些文字翻译成罗马文，我来说，你来写，可千万不要写错了！"叔叔严厉地说。

我丝毫不敢大意，认真地记下了这些文字：

mm.rnlls　esreuel　seecJde

sgtssmf　unteief　niedrke

kt,samn　atrateS　Saodrrn

emtnael　nuaect　rrilSa

Atvaar　.nscrc　ieaabs

ccdrmi　eeutul　frantu

dt,iac　oseibo　KediiY

我才写完，叔叔就迫不及待地研究了起来。几个小时过去了，我已经有些不耐烦了。

"唉！还是搞不清楚。"叔叔沮丧地说。"这应该是用密码写成的文字，这里面一定有什么重要线索，不然怎么会如此费力呢？"叔叔推了推眼镜。

"为什么要研究这无聊的东西？"当时我就是这样想的，可我不敢说，否则叔叔一定会发怒的。正这样想着，叔叔又将羊皮纸上的文字对比书上的文字看了起来。

"亨利，你看！书上的笔迹与羊皮纸上的笔迹不同，明显是两个人写的，而且时代也不同，羊皮纸上的文字比书上的写得要晚。

"咦？会不会在羊皮纸上写下文字的那个人，发现了什么鲜为人知的事情呢？写下这些符号的人到底是谁呢？我要好好看看，或许能够找到一些蛛丝马迹。"说着，叔叔便拿起放大镜一页一页仔细地查看起来。

在第二页的背面，叔叔发现了一块像是墨水污渍的痕迹，

仔细看去，上面隐隐约约有一行模糊的字母。

"果然有新发现！是阿尔纳！阿尔纳·萨克塞姆！他可是16世纪冰岛最著名的炼金师！"叔叔开心地大叫道，"如果是这样的话，羊皮纸上的文字一定隐藏着一个大秘密，我无论如何也要把它找出来！"叔叔接着说。

"可是他为什么要将文字隐藏起来呢？"我充满了疑问。

"这正是问题所在，无论怎样，我一定要把这个秘密解开，就算是不吃不睡，也绝对不会放弃！亨利，你要跟我一起想想办法！"

"叔叔，连您都看不懂的东西，我又怎么能看得懂呢？这完全是另一种语言嘛。"

"等等，另外一种语言？"叔叔好像突然得到了灵感，"对了！阿尔纳平时更喜欢使用16世纪的文人们之间常用的拉丁文！"叔叔又兴奋了起来。

我对拉丁文了解得并不多，只是平日在叔叔的耳濡目染下略有涉及，这么复杂的事情，还是交给叔叔吧。有了这个想法，我便心不在焉起来。

"亨利，快看！我又想到了一个办法！"叔叔兴奋的叫声将我的思绪打断。

"也许当初阿尔纳写下的是正确的句子，但是为了隐藏他的秘密，而将这些字母的顺序调换了，所以才让我们看不懂。现在，让我们试试将这些字母重新组合一下。"

叔叔认真地念起了这些字母，而我的工作就是将它们写下来，于是又成了下面的一段文字：

messunkaSenrA . icefdoK . Segnittamurthne
certserrette , rotaivsadua , ednecsedsadne

lacartniiilu Jsiratrac Sarbmutabiledmek
meretarcsiluco YsleffenSnl

"还是不对!这到底是什么鬼东西?"叔叔有些泄气。

突然,叔叔像是想起来什么似的,他飞快地冲出书房,跑下楼梯,一溜烟跑了。

"怎么了?老爷又生气了?"玛莎听到声音赶紧跑过来。

"没事,不用担心。"

"可是,老爷还没吃饭呢!"玛莎有些着急。

"估计他连晚饭都不会吃了。"我无奈地耸耸肩。

"什么?"玛莎惊叫了一声。

"叔叔正在研究一串密码,他说如果解不开,就不吃不睡了。而且他还让我和他一起想办法,估计我也甭想吃饭了!"说到这里,我不禁为接下来的日子发愁。

"这可怎么办呢!"玛莎唉声叹气地回厨房去了。

屋子里只剩我一个人了,我觉得有些无聊,桌子上有个小小的香炉,我觉得香炉吐出的烟圈有趣极了,便盯着烟圈解闷。透过烟雾,我又看到了放在桌子上的那张羊皮纸。

"到底这些文字是什么意思呢?"我不禁在想。

拿起羊皮纸,我反复地看着,揣摩了一遍又一遍,可还是一无所获。我有些郁闷,怪不得叔叔会生这么大的气。一不小心,将羊皮纸掉在了地上。我连忙弯腰将羊皮纸捡起来,要是叔叔看到我把他的宝贝掉在地上,准又要大发雷霆了!

我正想把羊皮纸捡起来,发现它是背面朝上,透过背面我突然看到了几个拉丁文,像是"Craterem(火山口)""terrestre(地球)"之类的单词。

我眼前一亮,思路一下子变得格外清晰,原来,只要将羊

皮纸翻过来，从背面看就可以将文字密码破解了。

世界上的事，就是这么奇妙，因为我的无心之举，却揭开了这个惊天大秘密！我兴奋得快要跳起来了，其实，叔叔的推论是有道理的，只是没有发现最后的关键所在。

我从纸的背面阅读着，一个单词一个单词地读出来，当我把这些文字串联成一句话时，我惊得目瞪口呆！上面写着：

每年6月末，阳光照射在斯卡尔塔利斯山上时，它的影子会落在斯纳夫尔山的正确的地府入口。有胆量的人，一直走下去，你将到达地球的中心。

阿尔纳·萨克塞姆

我一遍一遍地读着这些文字，真令人难以置信！人类怎么可能到达如岩浆般炽热的地球中心呢？斯卡尔塔利斯？这个地方我连听都没听说过！

我沉浸在震惊中好一会儿都没回过神来，突然，我想到如果叔叔知道了这件事，以他的性格，他一定会坚决前往的！并且还会带上我！

不不不！我才不要去那种可怕的地方呢！这件事一定不能让他知道，千万不能！

正当我坐立不安的时候，叔叔回来了，我急忙地把羊皮纸放回原位，不让叔叔看出破绽。

可是叔叔根本就没理我，回来后，径直走到桌子前，继续对着羊皮纸研究起来。他拿着笔在一旁的白纸上画画写写，然后再擦掉，再重写，这样反反复复地不停忙碌着。

几个小时过去了，叔叔还是一无所获，紧紧地皱着眉头，长时间握笔的手微微颤抖，却依然没有停下的意思。

我心里不停地纠结，好几次都差点儿想告诉叔叔，其实密

第一章 来自地心的"邀请"

码已经被我破解出来,但是一想到那可怕的旅行,话到嘴边又生生被我咽了下去。

夜深了,玛莎探头进来:"老爷,吃晚饭了!"

我瞧了瞧叔叔,他仿佛没听见玛莎的话,心思全都放在那串文字上。得不到回应的玛莎只好退了出去。

到了半夜,我实在撑不住,靠在椅背上睡着了。

第二天早上,我一睁开眼,就看到了可怜的叔叔还在不停地写着。

他双眼布满着血丝,脸色有些苍白,头发也让他抓得乱糟糟的。他紧紧地握住钢笔,书桌上丢的都是写得乱七八糟的纸片,看样子是徒劳无功。

看着叔叔,我有些难过,也被他这种锲而不舍的精神打动了,昨晚他一定反反复复地在纸上抄写了成千上万遍,即使这样,还是没有放弃。可是,我到底说还是不说呢?

不能说!说了叔叔肯定会去的!他会拿生命去冒险!我必须保持沉默,我决定狠下心来,袖手旁观。不过一个意外却将这一切改变了。

玛莎准备出门买菜时,发现大门被反锁了,钥匙也不见了。一定是昨天叔叔出去的时候弄丢的,他现在满脑子都是羊皮纸,别的事都不管了。这可不行!

玛莎现在忙着换新锁头,顾不上做饭,而我最害怕忍饥挨饿了,况且昨天晚餐就没吃成,难道今天的午餐也要泡汤了吗?

我想起有一次,叔叔专心致志地进行矿石的分类工作,一连48个小时都没吃饭,导致我们全家人都陪着他为科学献身,那次经历简直像是一场噩梦!我可不想让这种事情再次发生。

中午到了,我饿得头晕眼花,胃里像针扎一样难受,可是家里什么吃的都没有了。

叔叔依旧在研究那张羊皮纸,我对自己说:"坚持,什么都不要说。"

下午2点,饥饿消磨着我的意志,我的想法开始动摇起来。或许,就算是告诉叔叔,他也不会相信吧?毕竟这件事太荒唐了。可就算是叔叔真的要去,我也会把他拦住的!

正想着,叔叔突然起身,戴上了帽子,准备出门。什么什么?他又要出门,然后把我们关在家里!这可不行,万一他今天不回来了,我肯定会被饿死!

眼看着叔叔要出去了,我再也管不了那么多了。

第二章 说走就走的旅行

火车穿过一片绿油油的田野,清新的空气溜进车厢钻入我的鼻子。和煦的阳光照得我暖洋洋的,一切看起来是如此美好,我的心情也渐渐明朗起来。一阵微风吹过,轻轻扫着我的脸庞,也吹走了这些天来的愁绪。

"叔叔!"我大声喊道,他似乎没有听见,"叔叔!等等!"

"怎么了?"叔叔的思绪被我打断,立刻皱紧眉头。

"那个……那个密码……"我有些吞吞吐吐。

"亨利,你知道了什么?"叔叔听到我说的话,便将视线牢牢地锁在我的脸上,眼神中充满了期待。我被他看得不自在,就将羊皮纸从桌子上拿起来递了过去。

"您从纸的背面把那些字倒过来读读看。"

叔叔将信将疑地按我的话去做,只见他的目光越来越亮,一点儿一点儿地倒着将那串长长的文字读了出来:

每年6月末,阳光照射在斯卡尔塔利斯山上时,它的影子会落在斯纳夫尔山的正确的地府入口……

"原来是这样!"叔叔像触电一样跳了起来,激动得满屋子跑来跑去。

过了好久,叔叔终于平静了下来。

"现在几点了?"叔叔问道。

"已经下午3点了。"我回答。

"哦,怪不得我这么饿!走吧,我们去吃饭,然后帮我把行李收拾出来。"

"什么!"我惊叫了一声。

"还有你自己的。"叔叔一边说,一边走出了房间。

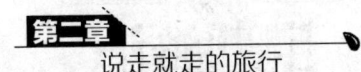

第二章
说走就走的旅行

听到叔叔的话,我吓得浑身发抖。他真的要去,并且还要带上我一起!不不,叔叔一定是太激动了,我要冷静下来,和叔叔好好谈谈,打消他的念头!

我紧跟着叔叔追了出去。在一家小餐馆里,我找到他。

叔叔此时的心情非常好,一边哼着歌,一边吃着点心,见我来了,笑着和我说:"亨利,你真是个聪明的孩子!在我最困难的时候帮了我一个大忙,所以,我们即将一同前往那个神秘的地方,共同拥有这份荣耀!从现在开始,你不再是我的侄子,而是我最亲密的伙伴!"

"叔叔你真的相信这张纸上的话吗?"我苦着一张脸。

"什么?你不相信?这可是阿尔纳·萨克塞姆写下的!"叔叔睁大一双眼睛瞪着我。

"我承认是他写的,可是,这太不可思议了,我们怎么知道他是不是真的去过呢?"我避开叔叔的目光。

"这件事你不要担心,相信我,我们去过之后就会明白。现在你需要做的,就是好好保守我们的秘密,不能让别人知道!"

"就算别人知道了又如何呢?难道他们会相信这个荒唐的事情吗?"我不以为然。

"你想错了,亨利,如果将这件事公之于众,你知道会有多少科学家疯狂地去冰岛冒险吗?"叔叔一脸严肃。

"可我还有很多问题,羊皮纸中提到的斯卡尔塔利斯和斯纳夫尔火山我从未听说过,这个世界上真有这样的地方吗?"

"你跟我来!"说完,叔叔便带着我急匆匆赶回家,直接来到书房。

叔叔从书架中抽出一张地图,然后摊在我面前。

"瞧！亨利，这是之前有位朋友送给我的冰岛地图，我想这个世界上恐怕再也没有比这张地图更精确的了！"

一边说，叔叔的食指一边在地图上慢慢移动着："看，这些都是火山。冰岛的纬度很高，可是在这样常年被冰雪覆盖的地方，火山仍然活动着，多么有趣啊！"

"斯纳夫尔山在哪里呢？"我问道。

"别急，你顺着冰岛的首都雷克雅未克往西瞧，看到这个半岛了吗？"

随着叔叔的手指，我看到了一块像膝盖骨一样的地方。

"看看，这座半岛上有什么？"叔叔继续问道。

"好像有一座山，直通向大海。"我仔细观察后得出结论。

"对！亨利，这就是斯纳夫尔山，是冰岛非常有名的一座火山，高达5000英尺①！如果能够通过这个火山口到达地心的话，那么它将成为世界上最著名的一座火山！"叔叔激动地说。

"这怎么可能呢？"我反驳道，"我们怎么可能从冒着岩浆的火山口走下去呢？"

"那如果这是一座休眠火山呢？"叔叔说道。

"休眠火山？"

"是的，根据书上记载，斯纳夫尔火山自从1219年之后就再也没有爆发过。"叔叔解释道。"好吧，就算是这样，但众所周知，从地球表面开始往下，每向下70英尺，温度就会升高1摄氏度，照这样推算下去，地心的温度要超过20万摄氏度了，

---

① 1英尺≈0.3米

第二章 说走就走的旅行

恐怕我们还没等走到地心,就变成烤肉串了!"我提高了声音。

"亨利,至今为止,没有一个科学家敢妄下断言清楚地交代地球的内部情况。你又没有去过,怎么会知道地球内部到底是什么样子呢?

"许多学者都证明过,如果地心的温度真的有20万摄氏度那么高,那么被熔化的物质所产生的炽热气体,就会产生一股非常强大的力量,将地壳冲破,发生爆炸。可是现在,地球不是好好的?这就证明,地心的温度一定没有你想象的那么高。"叔叔胸有成竹地说。

我被这些话打败了,不知道还能说些什么,因为叔叔说的话确实有道理。

"好吧,我承认您说的也许是对的。"

这次谈话以我的妥协结束了。我心中有些烦闷,想要出去散散心。

不知不觉,我走到了湖边的那条小路上。走在路上,我想起刚才和叔叔的对话,不禁觉得有些好笑。我竟然为了这种荒唐的事情和叔叔争论不休?简直是毫无意义。

"亨利!"我发现有人叫我,抬起头,克劳伊正向我缓缓走来。

"我该怎么办呢?"这时候我真的需要一个倾听者。

"出了什么事?"克劳伊焦急地问。

于是我把事情的经过仔仔细细地和她讲述了一遍,克劳伊静静地听着,直到我把话说完。

"你觉得怎么样?"我急切地想知道答案。

"这将是一场最刺激的探险!"克劳伊激动地说,"去

吧！亨利，像个真正的男子汉一样。"

"什么？你竟然同意我去！"

"如果我是一个男孩子，我一定求父亲带我同去的。你们将要去地底探险，想想就令人兴奋啊！简直太奇妙了！况且这对科学家来说是非常有价值的，一个男人应该以此为荣。"

看着克劳伊坚定的表情，我心里有些愧疚，一个女孩子竟然都能够如此勇敢，我是否太懦弱了呢？

"克劳伊，希望你明天还是这样想。"我闷闷地说道。

"我的想法是不会改变的，亨利。"克劳伊拥抱了我。

就这样，我们回到了家。天色已晚，叔叔应该睡着了吧。

可谁知，刚踏进大门，就见到叔叔正精神抖擞地站在楼梯前，指挥着一些搬运工，把那些已经整理好的行李抬到大门口。玛莎莫名其妙地站在原地看着这一切。

看到我回来，叔叔气急败坏地喊："亨利！你竟然还有心情出去散步？还有好些东西都没整理呢！钥匙都放在哪儿了？还有我的绑腿……"

"叔叔，难道我们马上就要出发吗？"我呆呆地站在原地，还没回过神来。

"不然呢？亨利，我们后天一早就动身！"

"现在距离7月份还早着呢，为什么？"我不明白。

"傻小子！去冰岛要用很长时间，而且一个月只有一班去冰岛的船，错过了这一次，下次就要等到6月末，那就来不及了！"叔叔冲我喊道。

当天夜里，我翻来覆去很久才睡着，可是睡得并不踏实，浑浑噩噩的梦中都是我掉入火山口的情景。

天刚一亮，我就听到克劳伊在叫我："亨利，亨利，该起

第二章 说走就走的旅行

床了！"

我迷迷糊糊地走下楼去，克劳伊已经把早餐准备好了。

"亨利，来杯咖啡！"克劳伊微笑着把咖啡递给我。

"哦。"我的态度有些冷淡，其实我还在为探险的事情不开心。

"亨利，打起精神来！昨天我和父亲谈了很久，父亲是一个伟大的学者，也是一个勇敢的人，你和他拥有一样的血统，应该拿出勇气来！去吧，好好地干一场！我相信你们一定会成功的。等到那时候，你的名字将传遍整个世界，这是多么至高无上的荣耀啊！"

听着克劳伊的话，我的心中升腾起一股力量，也有了勇气。好吧，我决定和叔叔一起去，现在我就去整理一下行李。

当天，叔叔又买了许多仪器、枪支和工具。玛莎忙坏了，直到晚上才把东西全都整理好。

"老爷到底要带你去哪里啊？"玛莎好奇地问道。

我无奈地用手指了指地下，然后就回房睡觉了。玛莎一脸茫然地站在那里，怎么也想不明白。

这天夜里和前一天一样，我依然没有睡好，夜里醒来很多次。刚刚5点，叔叔就已经在餐厅等我了，匆匆吃完早餐，外面传来了马蹄和车轮的声音。

我和叔叔将行李抬上马车，克劳伊和玛莎送我们出了大门。要上马车了，我回过头看向克劳伊。

"克劳伊！"我情不自禁地喊着。

"亨利！"克劳伊过来紧紧地拥抱了我一下，然后松开手，走过去亲了亲叔叔的脸颊。

"父亲，祝您一路顺风！"

望着克劳伊深情的眼神，我重重地点了一下头，然后和叔叔上了马车。

由于我们的行李太多了，所以得先到阿尔托那车站，搭乘火车去港口坐轮船。

在车上，叔叔十分仔细地检查着他的背包，生怕落下什么。而我望着车窗外的风景，还有些没回过神来，这次旅行就这样开始了吗？

火车穿过一片绿油油的田野，清新的空气溜进车厢钻入我的鼻子。和煦的阳光照得我暖洋洋的，一切看起来是如此美好，我的心情也渐渐明朗起来。一阵微风吹过，轻轻扫着我的脸庞，也吹走了这些天来的愁绪。

叔叔整理完了背包，好像又想起了什么似的，在身上开始摸索，过了一会儿，他从衣服里拿出了一个信封，又从信封中抽出一张叠得整整齐齐的纸。

叔叔开心地将信递给我看。对我说："亨利，这是我的朋友克里斯先生给我们的介绍信，他是丹麦领事，这封信可以为我们在冰岛提供很多方便，并且能将冰岛总督介绍给我们认识。"

三个小时后，我们到达了港口。在这里，我们的行李可以直接托运到哥本哈根，就不用我们操心了。可是叔叔却不放心，一直站在码头上注视着那些行李，生怕出了什么岔子。

可能是太担心那些行李了，叔叔竟然记错了换乘轮船的时间，导致我们不得不再等上九个小时。其实我一点儿也不介意晚一点儿到达，可这却急坏了叔叔，叔叔一下子又暴躁起来。

但无论怎样，我们总要把这段令人发狂的时间度过。于是，我们在小城周围散了散步，又欣赏了几处风光，终于熬到

第二章 说走就走的旅行

了晚上10点钟。

叔叔迫不及待地登上船,滚滚浓烟从烟囱里冒了出来,船开了。这是我第一次渡海,夜色深沉,海风习习,远处的灯塔忽明忽暗,发出橘色的柔光,将海面映得波光粼粼,我深深地沉醉在美丽的景色之中。

而叔叔可没有这种好心情,他恨不得一下子就到达目的地,他焦急得整整一夜都没有合眼。

第二天清晨,船在一个小镇靠了岸,我们又登上了另一列火车,继续向哥本哈根前进。

直到上午10点,我们终于踏上了哥本哈根的土地。马车将我们托运的行李带到了旅馆,还没等我坐下来歇歇,叔叔又马不停蹄地带着我去了古董博物馆。

原来,这座博物馆的馆长是克里斯先生的朋友,叔叔将介绍信拿给馆长,希望他能帮助我们找到开往冰岛的船只。

馆长先生不像一般学者那样严肃,他对我和叔叔非常热情,他把我们带到了码头,寻找一艘合适的帆船。

说实话,我内心不希望叔叔能那么快找到船。匆匆忙忙连续赶了几天的路,累死我了,我真想好好休息几天。可事与愿违,叔叔竟然很快就找到了一艘小船。

那是一艘双桅的小帆船,看上去破破烂烂的,船长佩恩正高兴地和叔叔打着招呼。

叔叔得知这艘船5天后可以开往冰岛时,立刻激动得和船长紧紧握手,看他的力道,我猜他差点儿把船长的手给捏碎了!

船长看到叔叔急切又激动的样子,就故意将船票提高了好几倍,叔叔却毫不在意,厚厚的一摞钞票很快就钻进了船长的口袋。

"太好了!太顺利了!这真是一个好兆头。"叔叔在回旅馆的路上不停地说,"我心里担心的问题终于解决了!来吧,亨利,这几天让我们好好欣赏一下这座美丽的城市!"

吃了一顿丰盛的晚餐,我便和叔叔在城里逛了起来。这里有美丽的17世纪的大桥,雄伟的皇宫,精美的壁画,栩栩如生的雕塑,道路两旁是极其富有特色的古建筑。

走着走着,叔叔在一座教堂前面停下了脚步。这座教堂没什么特别之处,但它高高耸立的尖顶却吸引了叔叔的视线。教堂有一个螺旋形的室外楼梯,环绕而上,可以到达教堂的尖顶。

"爬上去!"叔叔突然说道。

"叔叔,我恐高,爬不上去!"我拒绝这一提议。

"你是胆小鬼吗?快点儿!"说完叔叔就身手敏捷地爬了起来。我屈服了,心惊胆战地跟在叔叔后面。走完150级台阶,凛冽的寒风把我吹得晕头转向,我感觉楼梯在摇晃,我紧紧地抓着栏杆,简直寸步难行。在叔叔一遍又一遍的催促下,我紧闭双眼、手脚并用地爬上了塔顶。

第三章 一切准备就绪

今天的天气非常适合旅行，天上飘着片片云彩，为我们挡住了炎热的太阳。我们骑在马背上，欣赏着沿途新奇秀丽的风景，心中充满了希望与自由。我好像已经爱上了这次探险，心里再没有什么好担心的了。

"快看,多么美丽的景色!亨利,你把眼睛睁开,这是绝好的机会,你要学会登高和俯视,不然以后到了山上,你怎么办?"叔叔对我说道。

我强迫自己睁开眼睛,向下望去,远处的田野、森林、河流、房屋好像都变成了一块一块被碾碎的板子,白云在我头顶狂乱地飘过,虽然我虚弱眩晕,但还是足足在上面站了两个小时,叔叔才允许我下去。

踩到坚实的土地时,我觉得自己已经精疲力竭,连步子都迈不动了。然而,叔叔的声音又在我耳边传来:"我们明天再来!"

天啊!还要来吗?我在心里哀号。

事实上,整整5天,我都在重复着这件事,虽然我感到十分痛苦,不过不得不承认,这几天的练习在我之后的冒险中,起了很大作用。

出发的前一天晚上,热情的博物馆馆长来看望我们,还为我们带来了两封介绍信,分别是给冰岛总督皮克先生和雷克雅未克市长芬森先生的。叔叔高兴得一宿没合眼。

第二天,我们登上了佩恩船长的船。

"今天的风向如何?"叔叔问船长。

"好极了!是东南风,如果风向不变,我们将很快到达!"船长答道。

第三章 一切准备就绪

船长说得很对，小船开得快极了，像一支离弦的箭。航海的过程中并没有什么意外发生，只不过叔叔一直在晕船，这让他感到十分苦恼。因为他只能一直躺在船舱中，无暇顾及其他。

到了第十一天，我们的船到了波特兰海角，这里的海岸又暗又陡，孤零零地矗立在两侧。我们的小船在鲸鱼和鲨鱼之间穿行。

过了一会儿，眼前出现了一块巨大的，仿佛是被凿穿的岩石，汹涌的海浪从石缝中穿过，激起层层波浪，可惜叔叔由于晕船，没有目睹到这波澜壮阔的风光。

两天后，我们终于看到了陆地，船在雷克雅未克的法克萨港口抛了锚。叔叔跟跟跄跄地走出了船舱，他的脚步有些迫不及待，他可是受了不少罪，现在想要赶快离开这个浮在水面上的监狱。

下了船，虽然叔叔面容有些憔悴，但是一点儿也掩饰不住他眼中的光彩。他指着海湾北面的一座雪山，激动地对我说："看！斯纳夫尔！那就是斯纳夫尔火山！"

我的心情激动起来，而叔叔却用手势提醒我，要保持镇定。我跟着叔叔，踏上了冰岛的土地。

到了冰岛，叔叔很快就找到了雷克雅未克市长芬森先生。芬森先生是一个很亲切的人，还为我们介绍了另一位朋友——弗里德先生，他是当地一所学校的自然科学教授，是一个纯正的冰岛人，擅长讲拉丁语，这使我和叔叔都能和他交流。

弗里德先生还是一个善良的人，他把家里的两间房让给了我和叔叔住，我们就在他家安顿了下来。

"弗里德先生真是个好人！"叔叔由衷地赞叹道，"所有

的困难都得到了很好的解决。"

"恐怕困难还在后面呢！"想到接下来的冒险，我不由得担心起来。

"当然，后面的困难还有很多，不过担心是没用的。我们还是抓紧时间比较好，现在我要去一趟图书馆，看看有没有阿尔纳·萨克塞姆的手抄本。"

叔叔去了图书馆，我也想出去走一走。这是一座夹在两山之间的小城，地势较低，有很多沼泽。小城的一头覆盖着一大片火山熔岩，缓缓地伸入大海。另一头是宽阔的法克萨海湾，海湾的北面便是巨大的斯纳夫尔冰山。小城不大，只有两条马路，一条和海岸线平行，另一条通向一个小湖。

我只用了三个小时，就将整个小城逛完了，这里实在没有什么景色可看，到处都是火山石坚硬的棱角。唯一的绿色，就是冰岛人住的房屋的屋顶了。

冰岛的房屋都是用土和泥炭建造的，所以屋顶便长出了绿油油的青草。每到割草期，人们就要及时到屋顶上去把草割掉，否则家畜们就会爬上屋顶了。

这里的居民大多都在忙着晾晒和腌制鳕鱼，这是当地主要的收入来源。男人们身形魁梧，看上去十分强壮，不过也都很忧郁，脸上没有一丝笑容，偶尔见到有人大笑，也感受不到他们的快乐。女人们也一样，虽然看上去和气一些，不过脸上依然没有什么表情。

等我回到家中，叔叔已经回来了，弗里德先生为我们准备了丰盛的晚餐。叔叔一上餐桌，就立刻狼吞虎咽起来。因为晕船，他已经几天没有吃东西了。

没多久，两大盘菜已经被叔叔吃得干干净净，我在一旁看

第三章 一切准备就绪

得都有些不好意思了。不过叔叔却完全没有在意,还用拉丁语和冰岛语同弗里德先生交谈起来。

"今天您在图书馆找到了什么呢,哈德教授?"

"没有,什么也没有!"叔叔有些生气,"你们的书架上空空如也,只有几本零散的书。"

"我们的图书馆可是有8000多本藏书呢!其中还有许多珍藏本,甚至有许多书别的地方都没有了……"

"可是它们都去哪儿了呢?我可是什么也没有看到!"叔叔有些疑惑。

"这您就有所不知了,在我们冰岛,每个人都十分热爱学习,所以这些书要经过许多人之手,他们翻阅了一遍又一遍,经常借出去一两年才能回到书架上。"弗里德先生解释道。

"原来是这样。"叔叔点了点头。

"那么您到底要找些什么书呢?或许我能帮到您。"

我看了看叔叔,叔叔似乎有些犹豫,因为这直接与我们的探险有关。不过他还是开口了:"我想知道,是否有阿尔纳·萨克塞姆的书?"

"阿尔纳·萨克塞姆!16世纪著名的炼金师和科学家?"

"是的。那么,你们是否有他的书呢?"叔叔问道。

"他是个伟大的人物,对科学和文学方面都做出了巨大的贡献!不过很抱歉,我们没有他的书。不仅冰岛没有,其他地方也不会有。当时,冰岛的国王认为他是一个传播邪说的人,就对他加以迫害,把他的著作全部烧光了。"弗里德说。

"原来如此!"叔叔大声叫道,"怪不得阿尔纳没有把他的秘密公之于世,原来是怕遭到迫害才用了密码的方式!"

"秘密?什么秘密?"弗里德先生感到很惊讶。

叔叔意识到说错了话，连忙辩解道："哦，没有什么！只是我的一些想象罢了。"

弗里德先生心中虽然怀疑，但是看到叔叔的样子，也就不再追问，将话题转移了："所以，您恐怕是找不到他的书了。不过，您这次来到冰岛，可以对这里的地质做一次彻底的调查，尤其是那座斯纳夫尔山，从来都没人研究过它。"

叔叔的眼睛一亮，这正是他想听到的话！可是叔叔依然装模作样地说着："那是一座活火山吧？"

"不，它是一座休眠火山，自从停止喷发以来，至今已经有600多年了，山顶上还有一个很大的火山口。"

"原来是这样，好，那我就从那座……哦，请问是什么山来着？"

"斯纳夫尔山。"弗里德先生重复着。

"对！斯纳夫尔山，我就从它开始调查！"叔叔开心地说，"我要先到山顶看看，研究一下那个火山口。"真是个老滑头！我在心里偷笑着。

"好的，教授。不过，我也许不能陪您上山了。但是您放心，我可以给您介绍一个熟悉附近地形的人来给你们当向导。他是个诚实的人，并且还会讲丹麦话。"

"那太好了！"叔叔高兴地说，他精通丹麦话，正需要一个这样的向导！而且我也能听懂丹麦话中一些简单的表达。

"那么我什么时候才能见到他呢？"叔叔急切地问，"今天可以吗？"

"可能要到明天了，今天他有些事情，明天才能回来。"

"那好吧！"叔叔叹了一口气，遗憾地说道。就这样，叔叔和弗里德先生又闲聊了一会儿，就回房间睡觉了。

第三章
一切准备就绪

第二天一大早，我就被隔壁的说话声吵醒了，不用说，这响亮的嗓音一定是叔叔，于是，我便起身前往叔叔的房间。

与叔叔交谈的是一位身材高大，体格强壮的陌生人，他就是我们的向导——汉斯。

汉斯身上最吸引我的地方就是他那双沉着冷静的蓝眼睛，看起来十分聪明，红棕色的头发披在脑后。与叔叔说话时，言行举止十分沉稳，和我那手舞足蹈的叔叔形成了鲜明的对比。他交叉着双臂，表示赞同时就微微点一下头，动作小到连他的头发都纹丝不动。

看起来，叔叔和汉斯相处得相当不错，连酬金都没有明确地说明，他就表示会一直陪伴我们调查，直到结束他才会离开。他和叔叔约定了酬金在每周六的晚上交付即可。

过了一会儿，汉斯告诉我们："从这里到斯纳夫尔山脚下的村庄，一共22英里①的路程。"

"才22英里？那我们用不了两天就可以到达的！"叔叔高兴起来。

"不过，冰岛采用的是丹麦里制，所以1英里相当于其他地方的4英里，因此我们应该要走上七八天。"

"哦，那我们一定要有马才行。"叔叔说道。

"这一点您不用担心，租马的事情我会去解决的。"汉斯思索了片刻，又说，"我们就定在6月16日出发，怎么样？"

征得叔叔的同意后，汉斯就回去准备了。叔叔望着汉斯的背影，赞叹道："多么好的向导啊！"

"汉斯会一直跟随我们到地心去吗？"我问道。

---

① 1 英里 ≈ 1.609 千米

"是啊，只是不知道，如果他知道我们此行的真正目的会怎么样呢？"叔叔沉思了一会儿，随即摇摇头，"不想那么多了，我们还是好好准备一下，以后的问题以后再说吧！"

接下来整整一天的时间，我们的精力全都放到了整理物品上，我们将东西一共分成了四组，大致是仪器、武器、工具和食物。

仪器包括：一支刻度为200摄氏度的温度计。但我认为，如果要测量地下的高温物质，这个刻度还是太低了；一块压力表，用来测量比一般气压更高的压力，当我们在地下时，越往下气压就会越高；一个精确的计时器；两个罗盘，用来测量倾角和偏角；一架夜视望远镜和两只特制的照明灯。

武器包括：两支来福枪、两支左轮手枪和许多防潮火棉。准备这些武器是为了以防万一。叔叔十分重视这些武器，尤其是那些防潮火棉，它们的爆炸威力要比普通炸药大好几倍。

工具包括：两把十字铁锹，两把镐，一副绳梯，一把斧子，一把铁锤，几把螺丝刀，一些螺丝钉，和几根长长的绳索，这些工具都用一个大大的帆布包装着。

最后就是食物了，食物的包裹并不大，但是也足够了，因为我们带的都是压缩的肉类和饼干，足够我们支撑六个月。

不过我们并没有带水，带的唯一能喝的东西就是杜松子酒，因为叔叔说在地下一定可以找到水。我不同意这种说法，即使是真的找到了水，也不一定是干净安全的，可是我的反对无效，叔叔并不接受我的建议。

除了以上这些最重要的物品外，我们也带了一些其他零碎的东西。比如：一个旅行用的药箱，一些烟草、火石、背带，一些钱，还有几双防水皮鞋，等等。

第三章
一切准备就绪

"我们已经准备妥当,就差出发了!"叔叔期待地说。

当天晚上,总督与市长为我们送行,和我们共进了晚餐。不过弗里德先生并没有到场,他和总督在政治问题上有分歧,从而产生了矛盾,就不再来往了。

但在第二天晚上,弗里德先生为我们带来了一份礼物——冰岛地图。这份地图要比之前在叔叔书房里的那份更加详细,叔叔高兴极了,连忙收下。我和叔叔整理完行李之后,就早早上床睡觉了。

出发的早晨,弗里德先生再次来为我们送行,叔叔握着弗里德先生的手表示感谢,我也向他表达了谢意。

汉斯早早就来到了门前,我和叔叔把行李放到马的两侧,并分别上了自己的马。我们朝弗里德先生点了点头,就在汉斯的带领下出发了。

今天的天气非常适合旅行,天上飘着片片云彩,为我们挡住了炎热的太阳。我们骑在马背上,欣赏着沿途新奇秀丽的风景,心中充满了希望与自由。我好像已经爱上了这次探险,心里再没有什么好担心的了。

汉斯在前面带路,后面牵着两匹运载行李的马,我和叔叔紧随其后。离开雷克雅未克之后,汉斯选择了一条沿着海岸的路,一直向北前进。

不久后,我们走进了一片荒芜的牧场,这里的牧草萎黄杂乱,嶙峋粗糙的山峰远远隐没在烟雾弥漫的地平线上,山顶堆满了积雪,灰色的云层环绕在半山腰。

我渐渐将视线收回,看到身旁的叔叔,却忍不住地想笑。这里的马都比较矮小,身材高大的叔叔骑在这匹小矮马的背上,他那两条长腿时不时地擦到地面,从背面看,就像一只长

了六条腿的怪物。

"你在那里傻笑什么呢?"叔叔心情难得不错。

我又笑了两声,然后对叔叔说:"这里的马虽然矮小,但是非常聪明,我发现它们在遇到不好走的地方,都会选择绕行,而没有犹豫,遇到河流,也会勇敢地踏入穿行。"

"是啊,这的确是一匹好马!这样的马,一天走上25英里完全没有问题!"叔叔表示认同。

"是的,没有问题,不过汉斯会吃不消吧?他一直都没有骑马。"我看着汉斯对叔叔说。

"我想应该没有问题,汉斯性格冷静,做事有条不紊,他走路的动作非常节省力气,而我们长时间坐在马上,双腿得不到活动会发麻的,到那时我们可以和汉斯交换,让他骑马。"

我们慢慢地走着,这里人烟稀少,偶尔能够看到几座低矮的农屋,却看不到周围有家畜和人的影子。

第四章 启 程

我直到现在都没有完全相信羊皮纸上的秘密,如果真有一条道路可以直通地下,那我们会不会在地下迷失呢?还有,虽然这是一座休眠火山,已经沉睡了很多年,可是谁能保证,当我们在地下时它不会喷发呢?

两个小时后，我们到达了一个叫作福纳斯的小镇，在这里停留了半个小时。我们休息了一会儿，又给马喂了些食物，接着便谈到了今晚的住宿问题。

"那我们今晚在哪儿过夜呢？"我问汉斯。

"加尔达。"汉斯简洁地回答。

我翻开地图，寻找加尔达的位置。在距离雷克雅未克4英里的地方，我找到了这个小镇，并指给叔叔看。"什么？我们才走了4英里？"显然叔叔对我们行进速度相当不满。不过汉斯却不为所动，他站起身来，准备继续出发。

三个小时后，我们总算走出了那片荒芜的牧场，来到了一个名叫埃尔堡的村庄。这时已经正午了，我们在这里吃了午饭，休息了一个小时，然后继续前进。

这一次，直到下午5点，我们才走到一个峡湾。这个峡湾至少有3英里宽，两岸是3000英尺高的悬崖峭壁，褐色的岩石被海浪重重地拍打，激起层层浪花，发出很大的声响。

我想我们很难渡过这个海湾，马儿们也在海湾前停下了脚步。可是正当这时，叔叔竟然挥起了鞭子，想要冲进海里去！我大吃一惊，那匹马受了惊，又不愿意继续前进，于是便用力地挣脱，并高高地扬起前蹄。

"这该死的马！"叔叔的急脾气上来了，冲着马骂个不停。汉斯静静地走到了叔叔身边说："别着急，有船。"

第四章
启 程

"什么？有船？在哪里？"汉斯指着远处。我抬头望过去，果然有一艘小船。

"太好了！我们这就出发！"叔叔急切地抬腿就要走。

"不行，没有潮水，如果潮水不涨满，是无法开船的。"汉斯说。

叔叔听到这个消息，不耐烦地将岸边的石子踢来踢去，可又毫无办法。

汉斯说的是对的，当潮水涨到最高点时，海面相对比较平静，这时候小船才可以安全行驶。

直到晚上6点，我们终于等来了渡海的最佳时机。我、叔叔、汉斯和马全都上了船，一个小时后，我们终于平安地到了对岸，来到了加尔达。

到了晚上八九点钟，天应该黑了，但我们地处北极地区，纬度很高，所以这里的六七月份并没有黑夜，太阳会一直照射着大地。

天虽然没黑，但是气温却下降得厉害，我感到又冷又饿。慢慢地，我们走到了一户农家，主人将门打开，热情地把我们迎进去。

汉斯好像和这家人很熟，跟家里的主人简单地说了几句之后，主人就上前来与叔叔打了招呼，示意我们和他走。

我们穿过了一条狭长黑暗的走廊，也顺便参观了这座房子的房间，分别是厨房、纺织间、卧室和客房。热情好客的主人慷慨地将最好的客房让给我们住。

这是一间很大的屋子，地板刚刚经过修整，有一扇窗户可以采光，上面糊着不太透明的羊皮膜，来代替玻璃。床是用红漆木头架起来的，里面铺满了干稻草，虽然有些简陋，但还算

干净整洁，只是整个房间弥漫着一股像是咸鱼，又像是酸牛奶的味道，熏得人有些难受。

我们把行李放下，主人又把我们带到了厨房。冰岛的农户只有厨房才生火，这里的夜晚格外寒冷，所以人们到了晚上都在厨房里取暖。

"你们好！"一进厨房门，主人的妻子友好地上前来迎接我们，然后便把左手放在胸前恭恭敬敬地坐了下来。

令我十分惊讶的是在这对夫妻身后的一群孩子们，竟然有19个！在烟雾弥漫的厨房里，这群小家伙就像一群快乐的小天使，虽然身上有些脏，却很可爱。

"你们好！"其中一个孩子模仿着他的母亲对我们说。接着，其他孩子也都围了过来，有的爬上叔叔的肩膀，有的拉拉我的手，然后你一句我一句地向我们打招呼。

慢慢地，我和叔叔就和这群可爱的小天使亲热起来。

这时候，刚刚出去为马匹解决饲料问题的汉斯也从后门走进来。他的解决办法就是将马放在了外面的草地上，让它们自己去找吃的。"它们不会跑掉吗？"叔叔有些担心地问。

"不会的，明早它们会跑回来的。"汉斯胸有成竹。

汉斯和夫妻两人，还有他们的19个孩子一一亲吻了脸颊。大家围着一张大木桌坐了下来，24个人挤在一起，手臂紧挨着手臂，其中最舒服的，就要数坐在叔叔膝盖上的孩子了。

餐桌上的菜许多我都没有见过，不过我实在是太饿了，连一滴汤都没有剩下。吃过晚饭，孩子们回自己的房间睡觉去了，我们和夫妻二人打了招呼，也回到了房间。

第二天，早晨5点，我们出发了，夫妻二人向我们道别，叔叔塞了一沓钱到主人手中，主人推辞不要，但在叔叔的坚持下

第四章
启 程

还是收下了。汉斯牵着马先走了,我和叔叔紧随其后,一大家子人向我们挥手,眼神中有些依依不舍,一直望着我们离去。

离开加尔达村,周围的地形就慢慢发生了变化,变得极为难走,到处都是泥泞的沼泽和凹凸不平的土地,远处是被积雪覆盖的山峰,像一座座雄伟的城墙。

时而会有一条小溪横在面前,我们就只好涉水过去。越往前走,景色就越荒凉,地面上只有一些矮矮的灌木和枯黄的野草。

在这人烟稀少的地方,我们时不时地可以看到一些十分可怜的人,他们衣衫褴褛,手里拄着拐杖,眉毛和头发全都掉光了,皮肤干瘪。这些人一见到我们,就立刻躲开了,一时躲不掉的,也把头转向一边,不让我们看到他们的脸。

"这些人怎么了?"叔叔疑惑地问道。

"麻风病人。"汉斯简单地说。

在冰岛上住着不少这样的病人,人们对于这种病心生畏惧,所以这些病人都刻意躲着我们。

我们继续赶路,傍晚时,来到了一个名叫克烈的村庄。

"这里距离斯纳夫尔山只有一半的路程了,我们明天就可以见到那座山了。"汉斯对我们说。

"真的吗?"这句话让我打起了精神。这时我才发现,我们脚下的路发生了变化,已经从潮湿的沼泽慢慢变成了熔岩,这些熔岩在地面上长长地延伸着,充满褶皱,一会儿舒展,一会儿蜷缩,像一条条拧在一起的麻绳。在地面上的缝隙中,还冒着一股股白色的水蒸气。

穿过这片熔岩,我们看到了一个小湖。这时,我们距离山峰只有不到5英里了,远远望去,斯纳夫尔山就高高地矗立在云

朵之间。叔叔望着山峰,快马加鞭地跑起来。

我早就因为连续赶路而感到疲惫不堪,可叔叔看上去却依然精神抖擞,好像这次旅行对他来说就像是散步一样简单。我从心底由衷地佩服叔叔,他的形象在我心中变得越来越高大。

斯纳夫尔山离我们越来越近了,快到黄昏的时候,我们来到了第一个目的地——位于山脚下的斯塔比村。

叔叔望着那高高的山峰,激动地向远方喊道:"你就是我要征服的巨人!"

斯塔比是一个小村庄,位于冰岛最西端,有三十多户人家,房屋全都建造在熔岩上,小镇被大西洋紧紧环绕着,蔚蓝一片,四面的山峰都是由玄武岩构成的,陡峭险峻。

海岸上的岩石,长年在大西洋浪潮的冲刷下,形成各种各样的奇观,如同古代寺庙的废墟。

汉斯把我们带到了一座小房子前,这是一个牧师的家,牧师正系着围裙用锤子修理马蹄。见到我们走近,牧师也没有起身,汉斯向他打了一声招呼,他才抬起头看向我们。

"你好。"牧师说着一口正宗的丹麦语。

接着汉斯和牧师又交谈了一会儿,只见那个牧师点了点头,然后对着门口大喊大叫起来。不一会儿,从屋子里走出来一个身材高大的妇女,是牧师的妻子。

本以为她会热情地向我们打招呼,可事实上她并没有这么做,打量了我们许久,才侧开身子对我们说:"各位,请进吧!"

我们住的房间,大概是整个房子中最糟糕的,又小又潮湿,还充满了一股难闻的恶臭,根本不像是人住的地方。叔叔立刻明白了我们是在和什么人打交道,这位牧师不是受过良好

第四章
启 程

教育的学者,而是一个庸俗的农夫。况且这户人家似乎并不欢迎我们,所以叔叔决定第二天一大早就出发,不在这里逗留。

明天我们就要上山,从这里开始都是险峻的山路,所以马匹也没有了用武之地。

于是,汉斯决定雇三个冰岛人,代替马匹来帮助我们搬运行李。

"汉斯,你要记得和他们讲好,一旦帮助我们搬运到火山的山顶,他们就要原路返回,接下来由我们自己搬行李!"叔叔再三提醒汉斯。汉斯没有说什么,只是点了点头。

"还有一件事,汉斯……"叔叔望着他,"我必须要和你讲,我们来到这里,不光要调查火山口的外表,还有可能看看火山的内部情况,如果我们要是找到洞穴,打算进到洞里去看一看,你愿意和我们同行吗?"叔叔的表情不太轻松。

汉斯依旧面不改色,沉静地说:"我会一直陪着你们,只要您能够一直支付我酬金,无论是什么地方,我都会跟你们去的。"

"那就太好了!"叔叔开心地笑起来。看着叔叔的笑容,我意识到,我们真的要下到地心去了,我不由得又担心起来。

我直到现在都没有完全相信羊皮纸上的秘密,如果真有一条道路可以直通地下,那我们会不会在地下迷失呢?还有,虽然这是一座休眠火山,已经沉睡了很多年,可是谁能保证,当我们在地下时它不会喷发呢?

一想到我们有可能会和外面这些火山岩融为一体,我就一阵阵地发抖。最后,我终于忍不住将我的担心对叔叔说了出来。

叔叔听完我的顾虑,并没有像我想象中一样冲着我发脾

气,而是笑起来:"亨利,你说的这些我也想过,我可不会拿自己的生命开玩笑。"

"好吧,但愿你是对的,叔叔。"我只好赞成叔叔的话。

"你也知道,斯纳夫尔火山已经沉睡了600多年,谁也不知道什么时候它还会再喷发。可是,这世间万物都有它的规律,火山不会说喷发就喷发,在之前一定会有一些征兆的。在来的路上,我一直都在留意,还研究了土地的情况,也向当地人进行了讨教,结果都和我的结论相吻合,火山是不会喷发的。"

不过我还是有些怀疑叔叔的话。

"怎么,你不信?"叔叔站起身来,"好吧,你跟我来!"我跟在叔叔身后,叔叔把我带到了外面的大路上,这里到处都是玄武岩、花岗岩和其他各色各样的岩石,一直通向远处。在岩石的缝隙中不停地冒着白色的蒸汽。"看到这些蒸汽了吗?"叔叔回过头向我问道。

"看到了,不正是因为这样,才证明了火山其实一直都处于活动之中吗?"

"不,亨利,这恰恰证明了火山不会喷发。"

"为什么?"我不明白。

"亨利,你记住。"叔叔指着那些白雾,"这些水蒸气是地下岩浆释放压力的证明,在火山爆发之前,这些水蒸气就会消失。这是因为岩浆的压力突然变大,无法再从地表的裂缝中释放,就会通过火山口这一途径喷出。如果这些水蒸气和平时没有什么区别,那么火山就不会喷发。而根据我向附近的居民调查来看,这里的水蒸气在最近数十年间都没有发生过半点变化,所以你大可放心。亨利,你现在明白了吗?"

"是这样……"我被叔叔科学的理论驳倒,只能灰溜溜地

第四章
启 程

回到家中。当天晚上,我又做了噩梦。我梦到自己来到了黑暗的地下,然后四周突然山崩地裂地摇晃起来,我变成了一块火山石,然后被岩浆喷出去,又高高地摔下,吓得我直冒冷汗。

第二天清晨,汉斯如约带来了三个冰岛人,他们背好我们的行李,就整装出发了。相对来说我和叔叔就轻松许多,每人只有一个小包和一根登山棍。

走出大门,牧师和他的妻子正在等着我们。当然,他们不是来道别的,而是索要一大笔住宿费。叔叔根本不想再和他们纠缠,连价格也没讲就直接把钱给了他们,然后转身走了。

斯纳夫尔火山高达5000英尺,有两座圆圆的山峰,是由粗面岩构成的,位于海岸顶端。由于视角的关系,在我们的出发地是看不到那个山峰的,远远望过去,只能看到山顶的积雪,像是一顶巨大的圆帽子,扣在一个巨人头上。

山路十分狭窄,只能容一个人通过,我们排成一列,汉斯走在最前面。通过险峻的岩石峭壁,我们又走了一段由泥炭构成的路,多年以前的地壳运动,让原本长在平坦土地上的植物被深深埋入地下,经过了漫长的岁月逐渐被炭化,就形成了泥炭土。

这种泥炭土可以当作燃料,如果被开发的话,足够整个冰岛用上一百年!对于接下来的冒险,我虽然还有些担心,不过这里奇特的自然地貌也让我饶有兴致,一路上到处观察。

这座岛屿是由于水底上升形成的,而且现在依然在缓慢地上升,这是地下火山运动的结果。我又仔细观察了地表的性质和构成,很快就发现了这座岛屿在形成时所产生的一系列现象。

整个岛上没有一点儿沉积土,完全是由凝灰岩构成的,也

就是一大堆石块和山岩。在火山出现之前，这里是一大块绿石，后来在地球内力的作用下，火山缓缓浮出水面，而此时，地下的岩浆还没有喷发出来。

渐渐地，从岛屿的西南端到东北端出现了一条很大很宽的裂缝，地下的岩浆从这条裂缝中溢出来，向四周一点点扩散。

这一过程缓慢而平稳，岩浆所到之处逐渐形成了广阔的平面或是波状的起伏。同时也形成了长石、正长岩和斑岩。

由于岩浆的漫溢，岛屿的底层慢慢加厚，冷却下来的岩浆逐渐变硬，成了厚厚的硬壳，将原来宽大的缝隙堵住，里面的岩浆无法继续溢出。

久而久之，地下的压力越来越大，最后达到极限，于是这些岩浆瞬间冲破地表，喷涌而出，形成了一个个火山口。

从此，岩浆的漫溢就被火山爆发代替了。火山口最初喷发出来的是玄武岩的岩浆，也就是我们现在脚下的玄武岩平原。后来，有些火山口不再喷发，所以积聚的能量也越来越大，在玄武岩的岩浆喷发完之后，就开始喷发熔岩、凝灰岩和火山岩渣了。它们在火山的四周留下了一条条四散的长痕，就像是一簇簇浓密的头发。

这就是冰岛的形成过程，这些现象都是由地球内部的高温引起的，而我们现在竟然还想要进入到地心里去？真是太荒唐了！那张羊皮纸上的话一定是胡扯的。

脚下的路越来越难走，地面也变得更加倾斜，有时候还会掉落一些岩石的碎片，我和叔叔不得不小心地躲避。那三个冰岛人，可能是走惯了的缘故，这样难走的山路对他们来说如履平地。

汉斯更是如此，走得非常快，有时候我们面前出现一大块

第四章
启 程

岩石,就看不见他了。这时汉斯便吹起口哨,为我们指引前进的方向。他还在路边扔一些特殊的小石子做记号,以便于我们下山时原路返回。

我们艰难地走了三个多小时才走到山脚下,在吃了一顿简单的午餐,又休息了一会儿后,就继续向上爬了。

我向山顶看去,每次都觉得仿佛近在咫尺,可是爬了又爬,山峰却始终还在前方不远处。

有些地方,倾斜的角度达到三四十度,如此陡峭的地方我们根本没办法直接爬上去,只好利用手里的铁棍,沿着旁边相对平缓的地方慢慢向上绕。

在前进的道路上,叔叔始终都在我的身旁,一直关注着我,有几次我差点儿跌倒,都是叔叔用他那强有力的臂膀将我稳稳地扶住,他像是有着与生俱来的平衡能力,一次都没有摔倒过。

我再次向那高高的山峰望去,感觉我们根本没办法爬上去,除非山路不再那样陡峭。幸运的是,又经过了一个小时的艰难跋涉,在一大片积雪之间出现了一条阶梯状的小路。这大大方便了我们攀爬。

晚上7点,我们爬完了2000级阶梯,站在了一个圆丘上,山下是辽阔蔚蓝的海面,山上就是斯纳夫尔山的火山锥了。

我站在雪中,风很大,天气也很冷,连续的攀爬使我筋疲力尽,双腿都有些不听使唤了。

叔叔见我这个样子,虽然急着想要登上山顶,但也停了下来,对汉斯说:"汉斯,歇一歇吧!"

可是汉斯却摇摇头:"不行,继续爬。"

"为什么?"叔叔有些不解。

"你们看。"汉斯指着平原的方向,随着汉斯手指的方向,我看到平原上突然刮起了一阵大风,夹杂着碎石、沙子和尘土,像龙卷风一样盘旋升起,更为可怕的是,这股巨大的气流柱正向我们所在的方向移动。

"密斯都大风!"其中一个冰岛人惊恐地喊道。

"快!快跟上!"汉斯向大家呼喊着。

我顾不得身体的疲惫,立刻继续跟着汉斯向上爬去,为了节省力气,汉斯带着大家从火山锥的后面绕过去。

我们才刚刚离开不久,只见大风瞬间就席卷了我们刚刚停留的地方,被它卷起的石头如同雨点般重重砸在地上,整座山都被吹得震颤起来,幸亏我们在山坡的背面,才躲过一劫。现在回想起来,依然心有余悸。

由于在山上过夜太危险,我们决定继续赶路。山坡很陡,最后这一段距离,我们足足用了五个小时才走完。我又冷又饿又累,加上山顶的空气稀薄,我几乎喘不上气来。

晚上11点,我们终于爬到了斯纳夫尔山的山顶,此时的太阳依然没有完全落下,还能看到那苍白的阳光,静静地洒在我脚下这座沉睡的小岛上。

第五章 秘密是真的

　　站在山顶，我立刻被山下的景色吸引了。海岸线弯弯曲曲，深邃的山谷紧紧相连，数不清的山峰连绵起伏，白雪散落在起伏的山峰上，山间的湖水明亮得好似一面镜子，蜿蜒的小溪清澈透明，相互缠绕，薄薄的烟雾环在山腰，朦朦胧胧。

我们匆匆吃完晚饭,各自安顿好,纷纷睡下了。我躺在坚硬的岩石上,睡得格外好,连一个梦都没做。

第二天清晨,我早早醒来,悄悄地走到火山口,阳光明媚,但吹来的风依旧凛冽。站在山顶,我立刻被山下的景色吸引了。海岸线弯弯曲曲,深邃的山谷紧紧相连,数不清的山峰连绵起伏,白雪散落在起伏的山峰上,山间的湖水明亮得好似一面镜子,蜿蜒的小溪清澈透明,相互缠绕,薄薄的烟雾环在山腰,朦朦胧胧。

我沉醉在美景中,连叔叔站到了我的身边都没有发觉,叔叔轻轻地拍了拍我的肩膀,才将我拉回到现实世界。

"那是格陵兰岛。"叔叔指着远处一个若隐若现的黑影。

"真的吗?那是格陵兰岛?"我吃惊地问。

"对呀,我们离它还不到90英里。每到冰雪融化时,北极熊会待在浮冰上,漂到冰岛上来。不过这样的景象我们是见不到了,现在最重要的事儿就是勘察斯纳夫尔山,这里一共有两座山峰,分别在南面和北面,而我们现在所处的这一座山峰的名字汉斯应该知道。"

"斯卡尔塔利斯。"汉斯走过来说道。

"来吧,亨利。我们去火山口!"叔叔对我说。

斯纳夫尔山的火山口就像是一个倒着放的圆锥,越向下越窄,大约2000英尺深。山口的坡度不算太陡,比较容易走到下

第五章
秘密是真的

面去。汉斯带着大家,小心谨慎地沿着螺旋状的坡道一圈圈地走下去。由于洞口受到震动,一些岩石不断掉落下去,坠入深渊,随即又传上来一阵奇怪的回声。以防万一,我们用绳子将每个人都系在一起。

直到中午,我们终于走到了目的地,到达火山口的底部,这里有三个大大的黑洞,看来这就是喷火口了。叔叔一见到这三个洞口,就迫不及待地观察起来,从这一侧跑到那一侧,嘴里不停地嘟囔着,双手不断地比比画画。除我之外,其他人都茫然地看着叔叔,就像看一个疯子,不知道他在做什么。

突然,叔叔发出一声尖叫,我连忙看向他,还以为他发生了什么危险。只见叔叔停在了一块大花岗岩前面,一动不动地直挺挺站着,过了片刻,叔叔发出了爽朗的笑声:"亨利,快来!快来看!"叔叔大声喊着。我赶紧跑了过去,汉斯和其他人并没有上前。

"看到这些字母了吗?"叔叔指着岩石。我上前仔细地看着,在那石壁后面,有一行不太清晰的文字,但我还是一下子将它辨认出来,因为那是一个让我诅咒了千万遍的名字——阿尔纳·萨克塞姆。

"现在你该相信了吧?"叔叔提高了音量对我说。

我没有说话,因为我知道,在这儿看到了这个名字,证实了那张羊皮纸上的秘密一定是真的,看来这地下我是非去不可了!我只好垂头丧气地回到了刚才的地方。我坐在那里闷闷不乐,等我再次回过神来,身边就只剩下了叔叔和汉斯两个人,那三个冰岛人不知道什么时候沿着原路回去了。

汉斯正靠在一块岩石上安静地睡着,我也有些犯困,只有叔叔还是神采奕奕,不停地在三个黑洞前面转来转去。不一会

儿，我沉沉地睡着了。

再次醒来已经是第二天了，天空有些灰蒙蒙的，整个火山口被乌云笼罩着。我看到叔叔不再像昨晚那样兴奋，而是有些忧愁地看着洞口沉思。我知道叔叔在烦些什么，在我们面前有三个洞口，可是只有一个洞口阿尔纳曾经走过，能够通向地心的，到底哪个才是正确的呢？我记得那张羊皮纸上写着：每年6月末，太阳照射在斯卡尔塔利斯山上的时候，山峰的影子会落在那个正确的洞口上。此时，我们能做的，就只有等待。

然而，要有太阳才会有山峰的影子出现，今天已经是6月25日了，如果天一直阴下去，那么我们将会前功尽弃。

一天过去了，两天过去了，天气丝毫没有好转的迹象，甚至还飘起了绵绵细雨。叔叔望着天空忧愁地说："如果天再不放晴，我们恐怕就要明年再来了！"

可就在6月30日早晨，天空突然放晴，耀眼的阳光洒进来，将每一块表面凹凸不平的岩石都照得亮晶晶的。最为重要的是，中午的时候，斯卡尔塔利斯山的影子出现了，温柔地一点点覆盖在了中间的那个黑洞上。"是这儿，就是这里！这里就是通往地心的那条路！"叔叔兴奋地叫着，接着还用丹麦语又说了一遍。我知道叔叔是故意说给汉斯听的，我看向汉斯，汉斯的表情只是稍微愣了一下，随即又恢复了平静。

"出发！"叔叔高兴地说道。

下午1点15分，我们的地心之旅开始了。在这之前，我们经历的都是路途上的劳累，而从这一刻开始，我们即将遇到的，才是真正的困难。

我还没有好好地看上一眼通向地下的那个洞口，却马上就要进到里面去了。其实，即使是现在，我也完全可以选择不到

第五章
秘密是真的

底下去。可当我看到摩拳擦掌、兴致勃勃的叔叔，勇敢平静的汉斯，他们两人是那么无所畏惧，一想到我的怯懦，我心中就有些羞愧。这时，我的耳边又响起了出发前克劳伊对我说的话，我的心渐渐坚定起来，朝着洞口走去。

火山管的直径有100英尺，周长300英尺，我站在一块突出的岩石上，朝下看去，觉得有些毛骨悚然，顿时感到一阵眩晕，身子就要往下栽，幸好汉斯及时过来拉住了我。

我虽然只是看了一眼，但是对洞内的结构也有了初步了解。洞内壁几乎是垂直的，上面有许多突出的岩块，可以作为下去时的落脚点，但是却没有用手可以抓住的地方，这该怎么办呢？我们倒是可以把绳子的一头系在洞口，顺着绳子下去，可是我们并不知道洞有多深，当绳子不够长时，我们又怎么把绳子解下来继续向下走呢？

这时，聪明的叔叔想出了办法。他先将像拇指粗，约400英尺长的绳子放下去一半，然后在突起的岩石上绕了一圈，再把剩下的一半放下去。这样我们在下降时就有了两条绳子的支撑，更加牢靠。并且顺到下面之后，我们放开绳子的一头，拉住另一头，这样就可以把绳子拉下来，接着继续循环使用了。

"现在，让我分配一下行李。"叔叔看了一眼行李说，"我们先将这些易碎的行李分成三包，然后我们仨一人背一个包。亨利，你来负责武器和一部分食物；汉斯，这些工具和食物是你的；我来背剩下的食物和精密仪器。"

"可是叔叔，还有我们的衣服和绳梯呢？"我提醒道。

"那些不用我们背下去，它们会自己下去的！"

叔叔做事非常果断，从不拖泥带水，只见他将剩下不容易破碎的东西全都包在一起，捆得结结实实的，然后毫不犹豫地

直接将它们扔了下去。"嗖"的一声,行李急速地下落,叔叔满意地弯着腰看着它们,直到看不见了才站起身来。

"好,接下来该我们了!"我们三人把包背在身上,开始下降。先是汉斯,然后是叔叔,最后是我。我们下降的时候非常安静,只有岩石碎片掉落的声音。

我非常紧张,双手紧紧地抓着那两股绳子,生怕绕着绳子的岩石支撑不住,我还担心绳子不够结实,承受不住我们三个人的重量,所以我手脚并用,尽量抓着那些突出来的岩石,使自己保持平衡。

每当汉斯发现他脚下的岩石不太牢固,发生滑动时,他就会平静地说:"小心。"

"小心!"叔叔也会重复一句来提醒我。

半个小时后,我们来到一块深深嵌入石壁中的岩石上。汉斯握住绳子的一头向下拉,绳子的另一头随着摩擦弄掉许多熔岩碎块,就像冰雹般纷纷砸落下来,十分危险。

我向下看去,依然深不见底。于是我们继续利用绳子慢慢向下滑去。在下落的过程中,叔叔认真观察着周围的地层,还认真地做下了笔录,但是我可对这些没什么兴趣。在一次短暂的休息中,叔叔对我说:"我越往下走就越有信心。这里火山地层的排列完全证实了我之前的说法,我们现在正处于原始地层,在这里,金属遇到水和空气后就会燃烧。我还是坚定地认为地心存在高温的说法是错误的,你们以后一定会明白的。"我没有心思与叔叔争辩,只想着什么时候才能下到地面。

我们继续下降,又走了三个小时,头上的洞越来越小,光亮也越来越少。根据从侧壁滑落下去的石块传回来的声响可以判断,距离深渊的底部已经越来越近了。

第五章
秘密是真的

此时,绳子已经被我们重复利用了14次。我留意了一下,每次使用都会用掉差不多半小时的时间,每次我们还会休息15分钟,所以到现在,我们一共花了十个半小时下降。从开始下降的下午1点15分算起,现在已经是深夜11点多了。

绳子长400英尺,用了14次,那么我们此时的深度大概是2800英尺。我正在思考这些问题,突然汉斯说话了:"停!"我吓了一跳,差点儿踩在叔叔的头上。

"我们到了!"叔叔说。

"到哪里了?"

"火山管底部。"

"还有路吗?"

"你看,那边有一条通道,向右倾斜。不过今天太晚了,明天再说吧!"

我们打开装食物的口袋,吃了一些东西,然后打算睡觉。我躺在熔岩上,向小小的洞口望去,通过长长的火山管,就像架着一副望远镜。远处的几颗星星一闪一闪的,我看着看着就进入了梦乡。

早上8点,一缕清晨的阳光将我们唤醒。虽然阳光不多,但是反射在四壁无数个熔岩的小平面上,就如同星火般闪亮,足以使我们看清楚四周。

"亨利,看你睡得多好!"叔叔搓着双手,"你在家中睡得哪有这么安稳?这里没有喧嚣和吵闹,多么安静啊!"

"是的叔叔,这里确实很安静,但就是有些吓人。"

"别说了!如果你现在就害怕了,那接下来要怎么办呢?我们可是还没有开始向地心走上一寸呢!"叔叔有些生气。

"你说什么?"

"你看一下，我们现在所处的高度和外面的海平面相一致，这说明，我们才刚刚回到冰岛地面的高度上。"说着，叔叔将气压表递给了我。

果然，随着我们的下降，气压表逐渐上升，停在了98千帕的刻度上。

"可是，如果我们继续向下，气压就会越升越高，我们会受不了的！"

"不会的，亨利。我们下降得非常缓慢，我们的身体会一点点适应这种气压的。好了，别担心了，现在的问题是，我们之前扔下来的包裹去哪儿了？"

我这才想起来包裹的事，昨晚太黑，并没有找到。我抬起头向四周看了看，原来我们的包裹挂在了100多英尺高的岩石上。"叔叔，它在那儿呢！"

就在我思考着要如何取下包裹时，汉斯已经像只猫一样敏捷地爬上去，帮我们把包取了下来。

吃过早饭，叔叔从口袋里掏出他的笔记本，然后把各种仪器上的数据记录了下来：

7月1日，星期一

时间：上午8点17分

气压：98.78千帕

气温：6摄氏度

方向：东南偏东

方向是根据罗盘得出的，指向的正是昨晚叔叔提到的那条通道。

"现在，我们即将真正进入地球的内部！"叔叔一只手拿起挂在脖子上的照明灯，另一只手将灯管通上电，一道强烈的

第五章
秘密是真的

光线立刻穿透了黑暗的通道。汉斯也拿起了一只照明灯并把它点亮。"出发！"叔叔一声令下，大家拿着各自的包裹走入了通道中。

这条通道，是当初火山最后一次喷发时，熔岩冲出去后留下的道路，整条路都被光滑的熔岩包围着。我们走在坡度将近45度的通道里，不禁有些打滑。幸亏地上有许多突起的地方，可以让我们好走一些。

我朝地上看去，那些突起的东西竟是各种形状的钟乳石，抬起头来，上面挂满了大大小小的石英水晶，在灯光的照射下，闪闪发光，好看极了。我忍不住赞叹："真是太美了！"

"更好的东西还在后面呢！快走吧！"叔叔看着我，心情也很不错。

坡度越来越陡，脚下在不停地打滑，我也无心再去欣赏眼前美丽的景物了。一整天的时间，我们都在不停地向前走着，虽然已经走了很长一段距离，可是我并没有感觉到热。

到了晚上8点，叔叔示意我们停了下来。走了一天，大家都累了，是该休息一下补充能量。汉斯把食物拿出来，又拿了些水，食物虽然简单，但是大家都津津有味地吃着。当初，叔叔执意认为地下能够找到泉水，所以一滴水也没有带。现在这些水都是汉斯准备的，可是此时也用去了一半，并且到目前为止，半点水源的影子也没有看到，这不由得让人担心起来。

"叔叔，我们的水已经喝完一半了！"

"你在担心水源的事？"显然叔叔也意识到了这点，"别担心，我向你保证，我们一定会找到水源的！"

可我却有些忧愁："什么时候才能找到呢？"

"等我们走完这段熔岩层，就一定会有水的！"

"这段熔岩层应该还有很长一段吧,我们走了这么长时间,气温却只增加了9摄氏度,看来我们并没有下降多少。"我把温度计上的刻度指给叔叔看,上面正显示着15摄氏度,"如果我们已经下降了很多,那么一定会越来越热的。"

"为什么这么说呢?"叔叔静静地看着我。

"按理来说,在死火山附近,每下降125英尺,气温就会升高1摄氏度,这刚好跟我们现在的情形相近,那么照这样计算下来,现在我们应该还没有超过地下1125英尺,如果是这样的话,我们要什么时候才能走完这段熔岩层呢?"

"可是亨利,从压力表上所显示出的数字来看,我们已经到了地下10000英尺的地方了!"

"什么?怎么会呢?"我惊叫道。

"事实就是这样。"

起初,我并不相信,可是经过计算后我发现确实如此。我非常惊讶,这真是一个值得思考的问题!

第六章 地下的汉斯河

我听见水流声越来越大,已经急不可耐了。汉斯凿了整整一个小时,已经在石壁上凿进了2英尺深。我和叔叔快要急死了!叔叔站起身来,准备亲自动手。正在这时,石壁突然传出一阵尖锐的声响,紧接着,一股水柱从裂口中喷出,直射到对面的石壁上。

　　第二天早晨6点，我们继续沿着通道前进。通道里的情况还是和昨天一样，没有什么变化。到了中午12点多，在前面带路的叔叔突然停了下来：

　　"伙伴们，我们走到火山管的尽头了！"叔叔大喊一声。

　　一个难题又摆在了我们面前。前面是两条宽窄相似的通路，长长地延伸着，不知该走哪条路。

　　叔叔也在犹豫，可是他不想让我和汉斯看出来他的迟疑，于是便指了指左边的那条通道，然后大步走了进去。

　　其实这也没有办法，因为这两条通道实在是太相似了，又没有可以指明方向的标志，我们也只好碰一碰运气。

　　这条通道没有过于倾斜，温度也不算是太高，还可以忍受。到了晚上6点钟，我们已经向南走了5英里左右，也继续下降了四分之一英里。晚上吃饭的时候，大家也没有多说话，简单地吃完饭，我们就各自钻进旅行毯里睡着了。

　　第二天一早我们醒来时，觉得神清气爽，精神饱满，我们继续上路。可是走着走着，我发现了一些不对，因为原本向下倾斜的地面慢慢恢复了水平，继续走下去，甚至还有微微上升的趋势。没过一会儿，我便觉得有些吃力，走的也越来越慢。

　　"你怎么了，亨利？"叔叔有点儿不耐烦。

　　"叔叔，我要走不动了。"

　　"走不动？别开玩笑了，我们才走了三个小时！"

第六章
地下的汉斯河

"叔叔,难道你没有发现吗?我们现在不是在下降,而是在上升!"

"上升?"叔叔一副不相信的样子。

"是啊,叔叔,如果继续走下去,我们恐怕就要返回地面了……"

还没等我说下去,叔叔恼火地摇了摇头,并不理会我,继续向前走着。我没有办法,只好紧紧地跟上。

中午时分,通道的侧壁突然发生了变化,石壁外的熔岩层逐渐被裸露的岩石所取代。我们正处在地质上的过渡期。

"叔叔!"我叫道,"这些板岩、石灰岩和砂岩都是在5.5亿年前形成的,我们正在离开花岗岩石壁,再往前走也不可能找到水源的,我们走错路了!"

可是叔叔还是不理会我。又走了一段,我发现我们已经到达了最原始的动物时期的岩石层,这更加印证了我的想法。我实在是无法忍受,再次对叔叔说道:"叔叔,我们真的走错路了,请您看一看周围的岩石层吧!"

叔叔拿起探照灯向四周看了一下,我本以为叔叔会大叫一声,明白过来。可是他却依然一声不吭只管向前走。

我拦在了叔叔面前,叔叔终于停了下来。

"即使我们真的走错了,也一定要到尽头才能够确定!"

"叔叔,如果是在以前,我一定毫不犹豫地跟您走,可是现在不行!"

"为什么?"

"因为我们快没有水了!"

"那么,从现在开始,我们就限量喝水!"叔叔瞪着我。

又过了一天,我们见到了一个很大的洞穴,走进去后,我

用手触碰着四壁，收回来却发现手上漆黑一片，我仔细地观察着四周。

"这是个煤矿？"

"那也一定不会是人工的！"叔叔太固执了。

终于，在晚上6点钟，我们面前突然出现了一堵石壁，将前路堵得严严实实，证明我们走了一条死路。

叔叔看着石壁，沉默了一会儿，说："很好，虽然前路被挡住了，不过，这至少让我知道我该怎么办了。明天，我们将原路返回！"

"好吧，叔叔，如果我们还有力气的话。"

"你这是什么意思？"

"因为明天，我们就断水了！"我激动地喊道。

"难道勇气也会随之消失吗？"叔叔瞪着我说。

第二天一大早我们就开始往回走。我们必须得快点了，因为要重新回到另外一条路的路口，恐怕最快也要走上三天。一路上，叔叔沉默不语地绷着脸，好像也对自己带错了路这件事感到愧疚和气愤。汉斯一如既往的平静。而我的心里充满了沮丧，根本振作不起来。三个人格外安静地走着。

正如我预料的那样，在第一天结束后，我们的水彻底喝完了。我拖着疲惫的身体，喉咙干涩，周围的温度让我感到窒息，好几次都差点儿晕倒。叔叔和汉斯也同样忍受着缺水的痛苦，只是看上去比我镇定一些。

终于，在7月7日那天，我们手脚并用地爬回了那两条通道的交会处。我一下子瘫软在地上，险些失去知觉。

叔叔和汉斯也疲惫地靠在墙上，试图吃上几块饼干。我躺在地上，双唇肿胀，嗓子里发出一阵阵呻吟声，我觉得我快要

第六章
地下的汉斯河

撑不住了。

这时候,叔叔立刻挪到了我身边,他把我紧紧抱在怀里,满含怜惜地轻声说:"我可怜的孩子!"

叔叔从来没有如此温柔地对待过我,我隐隐约约地听到他的话,心里有说不出的感动,只能紧紧地抓着他微微颤抖的双手。叔叔的眼睛湿润了,他拿起身上的水壶,然后凑到了我的唇边:"喝吧!"

我没有听错吧?叔叔是在让我喝水吗?我怔怔地望着他。

叔叔举起水壶,将壶里仅剩的一口水倒进了我嘴里。

多么甘甜的水啊!这世界上简直没有比它更好喝的东西了。虽然只是小小的一口,却像灌溉了快要枯死的麦苗,将我那渐渐流逝的生命挽回。我一下子清醒了不少。

"亨利,你感觉好些了吗?"叔叔看着我,"这一路上,我一直保存着这仅剩的一点儿水,即使再渴也没有喝,我一直都为你留着,现在终于派上了用场。"

"叔叔……"我心里酸酸的,眼泪不停地流了下来。

"亨利,我的孩子。我知道,当我们回到这里时,你一定会疲惫地倒下的,这口水可以救你!"

"叔叔,谢谢您……"除了感谢,我不知道该如何表达我此时的心情。

尽管这口水不能解决所有问题,不过好在总算让我恢复了一些力气,也可以理智地说话了。

"叔叔您看,我们现在一点儿水也没有了,根本无法继续走下去,只能返回地面。"

在我说话时,叔叔一直都沉默着,也不看我。

"叔叔!"我喊道。

"回去？"叔叔喃喃着，既像是在回答我，也像是在问着自己。

"对！我们必须回去，否则我们都会死在这里！"

"亨利。"叔叔安静了好一会儿，然后看向我，"看来这口水并没有带给你勇气，你还是如此懦弱！"

天啊，我到底是在和一个什么样的人打交道啊？

"我们才刚刚看到胜利的曙光，我怎么可能放弃呢？我绝对不会回去的！"

"那我们将只有死路一条！"

"不，亨利。你得回去！我不能让你死在这里。让汉斯送你回去吧，我一个人留下来！"

"我怎么能撇下您不管呢？"

"不要管我了，既然我已经开始了这次冒险，就一定要走到底，不到最后一刻，我是绝对不会放弃的！亨利，你走吧！"

叔叔随即恢复了以往的严厉和生硬。我不想丢下叔叔不管，也不想继续踏上这条不归路，我抬头看向了汉斯。

汉斯依旧一脸平静地看着我和叔叔二人争论，他就算是听不懂，也一定可以猜到我们争论的内容。现在，我只能求助于汉斯了，也许我能把他说服，然后让他带着叔叔回去。

"汉斯。"我走近他，抓着他的手，希望他能够明白。

可是汉斯却无动于衷，只是伸出手静静地指着叔叔："主人。"

"主人？"我惊叫道，"你是不是疯了！这可关乎你的生死！我们必须回去，并且把他也得拖回去！"

我拽着汉斯的胳膊，想把他从地上拉起来。这时，叔叔说

第六章
地下的汉斯河

话了。

"亨利，别白费力气了，他是不会听你的，冷静些吧！"

"我们现在唯一的困难，就是缺水。我们在之前走的那条路上并没有找到水，那我们就再走另外一条路试试看！"叔叔继续说。

我摇了摇头，不同意。

"亨利，你听我说。刚刚我去观察了一下这条坑道的构造，它直接通到地球的内部，我们不久就会被它带到花岗岩层，在那里我们一定能够找到充足的泉水，因为这是由花岗岩的性质决定的。你要相信我！"

我还是不说话，叔叔看着我继续说。

"让我给你讲个故事吧！当年，哥伦布在寻找新大陆时，同样面临着困难，他要求再给他三天时间。而那时他的船员们已经疾病缠身，充满了恐惧，但还是答应了他的请求。结果，哥伦布发现了新大陆！现在，我就是地下的'哥伦布'，我只想再要一天的时间。如果一天以后，我们还是没有找到水，我发誓，我一定会和你们回去的。"

好吧，尽管我十分生气，但我还是被叔叔的话和他那坚定的眼神所打动。

"叔叔，但愿上帝能保佑您，我们赶快出发吧！"

我们开始从另一条通道下降。叔叔估计得应该没错，这条通道的地面倾斜得很厉害。汉斯还是走在最前面，叔叔则用照明灯在四壁上仔细地照着。走了100多步，叔叔突然兴奋地喊道："原始岩石！这些是原始岩石，我们走对了！"

地球在刚刚诞生的时候，逐渐冷却，体积变小，这就造成了地壳的错层、断裂、收缩和缝隙。我们此时走的这条路周围

正是这样的环境。通道里面千回百转,像是一个错综复杂的迷宫。

随着我们的下降,我们还发现了一些发光的矿脉,它们蜿蜒曲折地向前延伸着,里面是丰富的铜、锰,还有少量的黄金和白金。我在心里感叹着,这样难得的矿脉,被大自然深深地埋藏在地下,贪婪的人类光用锥子和镐头,又怎么可能找得到它们呢?板岩、片麻岩和云母岩牢固地附着在花岗岩上,试问一下,又有哪位科学家能够如此近距离地触摸它们,感受它们呢?而此时这一切却真实地呈现在了我们的眼前。

我们不停地走着,可是直到晚上8点,还是没有发现水!我难受极了,简直快要绝望,可是我依然强忍着,因为我知道,一旦我倒下,叔叔就只能被迫停下了,那样的话,他也将会绝望!但是身体的耐力是有极限的,当双腿再也支撑不住时,我终于重重地倒了下来。

"叔叔,我快死了!"

叔叔走到我身边,看着我,然后沉重地说:"完了!"

当我听到他说完这两个字后,就一下子晕了过去。

当我再次睁开眼睛,叔叔和汉斯全都钻进了被子里,他们也睡着了?可是我却再没有了睡意,叔叔的那句"完了"依然在我耳边回荡着。我们没有水,身体还如此虚弱,怎么可能再重返地面呢?看着周围黑漆漆的石壁,我觉得自己被压得喘不上气来。

这里非常安静,厚厚的石壁根本传不过来一点儿声音,但在朦胧之中,我却听到了一些声响,还有点点灯光。

是汉斯,他正拿着一盏灯向前走去。难道他不管我们了?

我有些焦急,大声向叔叔喊道:"汉斯走了!他抛弃我们

第六章
地下的汉斯河

了！"

叔叔被吵醒，这时我稍微恢复了一些理智。汉斯的人品是大家有目共睹的，我怎么会怀疑他呢？我心里充满愧疚。况且，他是继续向下走的，并没有走出去，汉斯的性格一向沉稳冷静，能够让他注意的东西，一定是非常重要的。他是不是发现了什么？难道他听见了什么我没有听到的声音？

整整一个小时，我都在胡思乱想。终于，脚步声从远处传来，汉斯回来了。

他走到叔叔的身边，轻轻摇了摇他的肩膀。

"水。"

我不懂丹麦语，可是人在危急的状况下，好像语言也相通了起来。

"水！水！"我恨不得跳起来。

"水？在哪儿？"叔叔立刻起身。

"下面。"汉斯回答。

我们三人即刻拿起了行李，赶快向前走着。

一个小时后，我们又下降了2000英尺，向前走了6000多英尺。

这时候，我已经能清楚地听到，从侧面岩石石壁传来一阵阵陌生的声响，就像是远处在打雷。可是又向前走了半个小时，还是没有水的影子，我又焦急起来。

"亨利，别急，汉斯没有听错，这就是水流的声音。"叔叔笃定地说着，"在这附近，一定有一条地下河！"

看着叔叔如此确定，耳边传来的流水声让我一下子充满了力气，我加快了脚步，向前走着，水声越来越大，我心里充满了希望。一路上我们都在观察有没有河水流过的印记，像是水

痕或者是潮气。

不过,我们继续向前走,却发现原本很大的流水声又一点点地变小了,我们意识到,河流一定就在刚才的地方。

我们又折返回去,在水声最大的地方停了下来。我靠着石壁,感觉河水就在我身边流过,可我却够不到,这感觉可真糟糕!

这时,我看到汉斯的嘴角浮现出一丝微笑。他站起身来,把耳朵紧紧贴在石壁上,仔细地辨认,然后慢慢地移动着。最后,他停在了距离地面3英尺高的石壁上。

我知道,水就在那儿!

我激动极了,看着汉斯拿起镐头,我顿时明白了他的意思。

"我们要得救了!太好了,太好了!"我在心中为汉斯鼓掌。

叔叔也疯狂地重复着我的话:"太好了!汉斯,太好了。你真是个聪明的向导!"

我们此时已经顾不得将石壁凿破会不会造成塌方,产生危险。现在,我们只想紧紧盯着那个一下一下被凿过的地方,渴望着一股清泉流出。

汉斯一下一下地凿着,这种活儿,只能汉斯来干,因为我和叔叔实在是太着急了,换成我们一定会一下子将石壁凿个稀巴烂。唯独汉斯,他平静温和,他不断地轻轻敲击着岩石,一点一点把它凿薄,挖出一个小口子。

我听见水流声越来越大,已经急不可耐了。汉斯凿了整整一个小时,已经在石壁上凿进了2英尺深。我和叔叔快要急死了!叔叔站起身来,准备亲自动手。正在这时,石壁突然传出

第六章
地下的汉斯河

一阵尖锐的声响,紧接着,一股水柱从裂口中喷出,直射到对面的石壁上。

汉斯被水柱击中了,疼得大叫了一声。我把手伸进水里,也立刻大叫了一声。我明白了汉斯为什么会大叫,因为水是滚烫的。

"竟然是沸水!"我惊讶道。

"等它凉下来,我们就可以喝了。"叔叔很开心。

水才稍稍变凉,我便迫不及待地大口喝了起来,"咕咚咕咚"喝了将近一分钟才停下来。

"这水里面含有铁?"我惊讶地说道。

"是啊,亨利,这里的水矿化程度很高,对身体非常有好处!"叔叔说,"我们在这里就像是去了温泉一样!"

"这真是太好了!虽然这水带着点墨水味,但并无大碍。"

我回过头看向汉斯:"这水是汉斯找到的,它挽救了我们的生命,我建议就把它命名为汉斯河!"

"好啊,亨利!"叔叔也赞同。

不过汉斯却没有因此兴奋起来,他只是适当地喝了一些水,然后就像平时一样安静地靠在了一个角落里。

"可不能让这些水白白流掉,我要把我们的水壶全部灌满,然后再把裂口堵上。"

我的建议得到了采纳,在把水壶全部灌满后,我们试图把裂口堵住。可大家试了好几次,都没能堵住裂口,还被烫到了手。看来我们是办不到了。

"从水柱喷出的力量来看,这条河一定是从很高的地方流下来的。"我分析着。

"没错,亨利。如果这水柱有32000英尺高的话,那么它可能会有1000个大气压。"

"不过,我倒是有个好主意。"叔叔眼睛一亮。

"我们为什么一定要把洞口堵住呢?"

"那水不就白白流走了?"

"那你能够保证在水壶的水用光时,再次把它灌满吗?"

"这……"

"我们何不让这水继续向下流着,让它为我们指路,解渴呢?"

"哦,这真是个好主意!"我恍然大悟。

"你总算想通了,我的傻孩子!"叔叔笑着说,"我们休息一夜,明天再出发吧。"

我早就忘记了现在已经到了深夜,看了计时器才知道。不久,我们吃饱喝足,美美地睡起了觉。

第七章 迷 路

我感觉我又要昏过去了,希望上帝这次别再让我醒来,让我彻底解脱吧!我刚要闭上眼睛,这时,一阵巨大的声响突然传了过来,像是滚滚雷鸣。然后这声音一串一串地渐渐消失在远方。

第二天，我感到神清气爽，要不是脚下潺潺的流水声提醒我，好像已经完全忘记了之前的痛苦。

我们吃过早饭，又喝了甘甜的泉水，浑身充满了力量，也下定决心要走得更远些。

现在，叔叔有汉斯这么好的向导，还有我这么"坚定"的侄子，有什么事情会做不成呢？我心中充满了希望。

"出发吧！"我嚷道，那充满了激情的声音在四周久久回荡着。

8点钟，我们出发了。弯弯折折的花岗岩通道绕来绕去，我们像是走在迷宫里面，不过，我们的大致方向还是正确的，朝着东南方缓缓前进。叔叔一直不停地用罗盘指引方向。

到了星期五的晚上，我们估计应该是到了距离雷克雅未克东南75英里处，深度是6.25英里。

这时候，我们的脚下出现了一个类似深井的坡道，坡度很大，叔叔经过测量后，突然拍手大笑起来。

"太棒了！这条通道的坡度足以把我们带到很远很远的地方去。我们可以踩着地面突起的岩石前进！"

汉斯动作迅速地固定好了绳索，以防止发生什么危险，然后我们就依次往下走去。

有了之前在火山口下降的经验，我并没有觉得这条路有多么危险。

第七章
迷 路

我们每往下走15分钟,就停下来休息一会儿,坐在岩石上放松一下双腿。有时候还吃上些东西,聊聊天,再喝上几口溪水,惬意极了。

溪水在断层里流淌时,水流湍急,形成一道小小的瀑布;等遇到相对平缓的地方时,又重新静静地流淌。这让我想起叔叔和汉斯,就像这不同地方的溪水一样,各有各的特点。

7月11日、12日,这两天我们继续沿着断层的螺旋通道走着,又下降了5英里,这时我们已经到达了海平面以下的12.5英里。

13日,道路又逐渐恢复了平缓,变得好走起来。

15日,我们走到了地下17.5英里的地方,此时距离斯纳夫尔山125英里。虽然我们有点儿累,但是身体状况还很好,甚至连医药箱都没打开过。

叔叔每隔一个小时就把罗盘、计时器、气压表和温度计上的数据记录下来。当我听到我们已经水平走了125英里时,我不禁惊讶地叫出声来。

"怎么了,亨利?"叔叔问我。

"叔叔,如果您的计算没错的话,恐怕我们现在已经不在冰岛下面了。"

"是吗?"

"是的,叔叔。"说着我用圆规尺在地图上量了一下,继续说,"我们已经越过了波特兰海角,往东南方向125英里的地方就是大海的底下。"

"大西洋就在我们头顶上!"我大声地说。

"亨利,这很正常,有很多煤矿也深入到海底很远的地方。"叔叔回答。

虽然叔叔认为我们正处在一个非常正常的环境下,可是一想到头顶就是波澜壮阔的大海,我心里不免还是有些担心。

4天后,我们走到了一个很大的洞穴中,我们决定在这里休整一天。

第二天醒来时,我们的心情就像放假一样愉快,没有像往常一样匆匆忙忙地出发。

我已经习惯了在地下生活,也不像一开始那样想念外面的太阳、月亮、星星和树木。

我们所在的这个洞穴就像一个大厅,溪水源源不断地在地面上安静地流淌着。

从它一开始流淌的地方到这里已经有很长一段距离了,所以水的温度也不再那么高,变得和周围的环境保持一致,我们喝起来也更加可口。

早饭过后,叔叔打算花上几个小时来整理他的笔记。

"首先,我要计算一下我们所在的位置和方向。"叔叔说,"然后,我要画一张路线图,在回去的时候把我们的行程标在图上。"

"这是个好主意!"

"那你现在看一下罗盘,我们处在什么方位?"

我仔细地观察了一下:"是东南偏东。"

"嗯。"叔叔记下我说的方位后,迅速计算了一下。

"我们从出发到现在已经走了212.5英里。"

"那我们现在真的在大西洋下面吗?"

"没错,亨利。也许此时你的头上正狂风暴雨,波浪滔天,可是在地下的我们是多么安逸啊!"

"那鲸鱼会不会用它的尾巴狠狠拍击我们四周的石壁

第七章
迷 路

呢?"

"哈哈，放心吧亨利。鲸鱼是震撼不了这洞穴的墙壁的。据我所知，我们已经在地下40英里的深处了。"

"40英里?"我惊呼了一下。

"没错。"

"根据现有的科学理论，这可是地壳厚度的极限了!"

"是的，亨利。"

"那么按照温度上升的规律，这儿的温度应该是1500摄氏度。"

"你说得对，孩子。"

"可是，周围的花岗岩都没有熔化，我们也没有感到任何不适。事实上我们推翻了这种理论!"

"的确是这样的，我也同样十分惊讶。"

"你看看温度计，是多少摄氏度?"叔叔接着说。

"27.6摄氏度。"

"可是科学家们却多推算了1472.4摄氏度，由此可见，地球的温度会随着深度的下降而升高的这种理论是错误的。现在，你还有什么异议吗?"

关于这个问题，虽然我现在确实感觉不到地心的高温，可是我仍然相信地心热的说法。

毕竟火山喷发的岩浆是从地下产生的，岩浆的炽热众所周知，也许，只是有一层什么物质将地心内部的热量隔开了，才没有让整个地下都产生高温。而且我还有另外一个疑问。

"叔叔，我相信您计算的数据都是严格准确的，那么现在还有另一个问题。"

"什么问题?"

"地球的半径是3957.5英里,对吗?"

"是3958.25英里。"

"好吧,我们算个整数,就算是4000英里吧,我们此时已经走了40英里。"

"对的。"

"而我们水平地走了212.5英里,对吗?"

"对。"

"我们大约走了20天?"

"是的。"

"这样的话,我们得走上2000天才能走到地方,也就是5年半的时间?"

"并且,我们每下降40英里,就要水平地向东南方向走上212.5英里,那我们还没到达地心,就已经走出地表了!"

"让你的计算见鬼去吧!"叔叔听完我的话十分恼怒,"你说的都是假设!你又有什么证据能够证明?如果这条通道不能够通向地心,那阿尔纳是怎么去的呢?他既然能够成功,为什么我们不能?"

"可是叔叔,我……"

"你要是再胡说八道,以后就不要说话了!"

看来叔叔是真的生气了,我也不敢再说什么。

"你现在看一下气压表。"叔叔平复了一下。

"压力很大。"

"可是你也一点儿都没有问题,不是吗?在下降过程中,你已经习惯了这样的空气密度。"

"是的,只是我的耳朵有一点儿疼。"

"这点你不用担心,只要加快呼气频率就能缓解。"

第七章
迷 路

我不想再惹叔叔生气,便顺着叔叔说:"是啊,这里的空气密度这么大,呼吸起来是一种享受,而且,叔叔您有没有发现,声音好像在这样高密度的空气中传播得更响亮了?"

"是啊,就算是聋子也能听清了。"

"空气的密度还将继续增大吗?"

"是的,不过现在还无法确定它会增大多少。只能够确定,越往下走,重力会越小。因为物体在地球表面的时候,受重力的影响最大,而在地球中心,它们就没有重量了。"

"我知道。可是,压力越来越大,到最后空气的密度会不会变得和水一样了?"

"如果空气达到了710个大气压时,有可能会出现这种状况。"

"再往下呢?"

"空气的密度还会增大。"

"那我们还怎么继续下降呢?我们会浮起来的。"

"我们可以在衣服口袋里装满石头。"

"叔叔,您可真有办法。"我不敢再问下去,要是万一叔叔哪个问题答不上来,我可又要遭殃了!

可是很明显,当空气在几千个大气压内,最终会变成固体,在这种状况下,就算我们的身体再好,也不能再前进了。

然而,我可不敢把这个理论再和叔叔说,叔叔准会又把他那伟大的阿尔纳搬出来,然后把我大骂一顿。

不过我仍有理由反驳回去,因为阿尔纳就算是真的进行了这次探险,在16世纪的背景下,气压表还没有发明,他怎么知道自己已经到达了地心?我就慢慢等着看吧!

接下来一整天的时间我都在和叔叔计算着,交谈着,并没

有继续反驳他。汉斯只是在一旁静静地坐着。

我真羡慕汉斯,他从来都不考虑事情的因果,也不担心自己的安危,命运把他带到哪里,他就去哪里。

其实我也不应该抱怨什么,因为老实说,到目前为止,一切进展得都非常顺利。如果不再遇到什么大困难,是一定能够顺利到达地心的。

那该是多么光荣的一件事啊!我都开始这样想了吗?为什么没有一开始那么抗拒这次冒险了呢?难道是因为我一直在这样的环境中习惯了吗?

接下来有几天,我们走的斜坡变得非常陡,有些地方甚至是垂直的。这使得我们能够更快地向下前进,有时候,我们一天就可以下降3.5英里到5英里。

下降的过程十分危险,但是汉斯用他的冷静和智慧帮助我们平安地渡过每个难关。

如果没有他,我们绝对不会这么顺利地到达这里。不过,原本就沉默寡言的汉斯却越来越不愿意说话,我和叔叔也似乎受到了他的感染,也很少说话了。

自从上次和叔叔谈过话之后,日子变得十分平淡,没有什么值得一提的。但之后发生的一件事情,却让我牢牢地记在了心里。

那是8月7日,当时我们走到了地下75英里处,此时距离冰岛已经500英里了。

这天,我们脚下的路变得平坦了起来。我拿着照明灯在前面走着,仔细地考察着身旁花岗岩的纹路。

走着走着,我刚想转过身来和叔叔说上几句话,却发现我的身后一个人都没有!

第七章
迷 路

"一定是我走得太快了!"我想,"叔叔他们一定还在后面,这里只有一条路。我回过头去找他们,一定能找到。"

然后我就开始往回走,可是走了大概一刻钟,还是没有见到人影。

这时,我开始慌乱起来。大声喊着他们的名字:"叔叔!汉斯!"然而回答我的,只有空荡荡的回声。我心里充满了不安,浑身开始颤抖,头上也冒出了虚汗。

"镇定点!"我对自己说道,"只要我往回走,就一定可以找到他们的!"

我又继续走了半个小时,一路上我仔细听着周围的声响,看看叔叔是否也在呼唤我,毕竟在这样高密度的空气中,声音会传得非常远。我听了又听,周围却只有我自己脚步的回声。

"别慌,不能慌!"我对自己重复着这句话,"既然这里只有一条路,我是走在最前面的,叔叔他们就一定会在后面。

会不会是叔叔忘记了我在前面走,以为我落在了后面,然后回去找我了呢?那我只要快点走,就一定能够找到他们!"

我加快了速度往回走,心中又开始怀疑起来。我到底是不是走在最前面的一个呢?

应该不会错,我清楚地记得汉斯跟在我的后面,叔叔走在最后。我还记得有一次,汉斯停下来重新捆紧身上的行李,那时候我没有停下来,继续往前走着。

哦,对了!小溪!在复杂的地下,我一直都是跟着小溪走的,只要沿着小溪找回去,就一定能找到他们!

这样一想,我的精神一下子振奋起来。现在,我真感谢叔叔,当初是他阻止我把喷水的裂口堵住。

之前这条小溪为我们解了渴,现在,它还能够指引我穿过

蜿蜒复杂的通道去寻找我的伙伴,真好!

我打算在溪水里洗洗脸,精神一下,然后再继续往前走。可是当我把头伸进小溪时,我惊呆了,我没有触碰到温暖的溪水,只有干硬粗糙的花岗岩!

我不知道该用什么样的语言来形容我此刻的恐惧与绝望。我只知道我要死在这黑暗的地下了!我将饱受饥饿与干渴,然后孤独地死在这可怕的地方。

我用仅剩的一丝理智,努力回忆着在发现自己迷路之前发生的一切事情。

我到底是怎样偏离小溪的呢?我侧耳听去,四周依然是一片寂静。我终于有些明白了,也许是在某一个岔道口,小溪流向了另一条通道,而我没有注意,下意识地选择了现在的这条,可叔叔他们依然沿着小溪前进,我们这才走散了!

我迷路了!现在我该怎么办?我要怎样才能找到他们?在这深达75英里的地下,我感到深深的绝望,我觉得自己要被压垮了。

我想起了家,想起了冰岛上那对善良的夫妻和那19个可爱的孩子,想起了热心的弗里德先生……

"叔叔!叔叔!"我大声喊着,此时,他一定也在拼命地找我。谁能救救我呢?我开始祈祷,真诚地跪在地上,脑海中是妈妈温柔的吻。

祈祷过后,我的情绪终于平静了不少,我开始集中精神想着我此时的处境。

我还有三天的粮食,水壶也是满的。可是我不能一直在这里待下去,我必须要找到我的同伴,可我到底应该往哪里走呢?是向上,还是向下?

第七章
迷　路

　　好吧，当然是向上，我必须回到那个岔道口，找到小溪，这样我才有可能找到叔叔。

　　我拿起手中的铁棍，毫不犹豫地往回走去，沿着通道向上爬。并且努力地回忆着之前通道的形状和特点，可是我什么也想不起来，这里到处都是凹凸不平的岩石，没有什么特别容易记住的地方。

　　整整走了一个小时，我满心期待地以为这条路能把我引回之前的岔道口，可是我错了！我撞到了一块大大的花岗岩，一下子摔倒在地。

　　前面已经无路可走，我进了一个死胡同！完了，我玩完了！之前所有的希望都在这块石壁前破灭了。

　　我静静地躺在地上，不想起来。这里就像是一座迷宫，如果我死在这里了，许多年以后，我也将会变成一块化石，到那时如果我能被发现，一定会引起巨大的轰动。

　　我想要大声说话，可是干裂的嘴唇却发不出一点儿声音来，只能喘着粗气。

　　然而，就在这万分绝望的时刻，一种新的恐惧又席卷了我的全身——我的照明灯摔坏了！

　　我没有工具，不能修理，只能眼看着光亮一点一点地暗下去。我盯着那点灯光，直到它完全熄灭，我整个人陷入了无边的黑暗。

　　"啊！"我恐惧地大吼了一声。我挥舞着双臂，艰难地摸索前进，未知的环境让我快要发疯，我想逃。

　　我开始疯狂地在通道里跑着，嘴里不知道发出什么怪叫，一会儿撞到突起的岩石，一会儿摔在粗糙的地面，然后再爬起来拼命跑着。

几个小时之后,我筋疲力尽,瘫倒在地,不省人事了。

当我苏醒时,我脸上黏黏的,沾满了泪水。我不知道自己在这儿躺了多长时间,没有光,我什么也看不见。这世界上还有比我更加孤独无助的人吗?

可我为什么还没死呢?为什么又让我醒来重新面对这份绝望呢?我没办法思考了,我身上到处都是伤口,疼痛使我满地打滚,一下子就滚到了旁边的石壁上。

我感觉我又要昏过去了,希望上帝这次别再让我醒来,让我彻底解脱吧!我刚要闭上眼睛,这时,一阵巨大的声响突然传了过来,像是滚滚雷鸣。然后这声音一串一串地渐渐消失在远方。

这声音是从哪儿传过来的?地下发生了什么事呢?我急切地想要知道这一切,我盼望着这个声音再次传来。

第八章 地下海洋

　　我站在岸边，一眼望去，海面辽阔，看不到尽头。连绵起伏的波涛一下一下温柔地亲吻着月牙形的岸边，金色的沙滩上散落着一个个洁白的小贝壳。海浪撞击着沙滩，发出只有在地下这个巨大密封的空间里才能听得到的奇特声响。

我静静地听着,一刻钟过去了,周围一片寂静,只能听到我自己的心跳声。

突然,我不经意间贴在石壁上的耳朵捕捉到了一阵细微的声响,像是人的说话声。

我的身体颤抖起来,难道是我的幻觉吗?不不,我清楚地听到了,虽然不知道说的是什么内容,但是我可以肯定,这就是说话声!

我继续听着,连大气都不敢喘一下,我听到了一个人似乎压低了声音在说话,闷闷的。是叔叔!

因为我清楚地听到了我的名字,还有"迷路"这个词语,语气充满了哀伤。接着就是那阵把我震醒的雷声。

这声音绝对不是从石壁后面传过来的,再大的声音也穿不透花岗岩石壁。那么,就一定是从通道里传过来的,我们一定还在同一条通道里!如果是这样的话,我的声音叔叔也一定可以听得见。

我们的声音是靠石壁传导的,要想让叔叔听到我的声音,我就要尽可能地贴住石壁。

我的耳朵在石壁上来回挪动着,试图找到一个叔叔说话声音最清晰的地方。然后尽可能大声地喊道:"叔叔!叔叔!"

我焦急地等待着。声音的传播速度并不快,这里的空气密度很大,但是只能增加声音的音量,加快不了传播的速度。时

第八章
地下海洋

间一分一秒地过去,我觉得自己每一刻都在煎熬。终于,我听见了回应!

"亨利!亨利!是你吗?"

"是的!叔叔,是我!"

"我的孩子,你在哪儿?"

"我不知道,叔叔,我迷路了!"

"你的灯呢?"

"灭了。"

"小溪呢?"

"不见了!"

"别着急,孩子,你要振作起来,打起精神!"

"叔叔,我没力气了,让我歇一歇。"

"孩子,你听我说。"叔叔的声音传过来,"我们在通道里来回地找你,可是怎么找也找不到,我们以为你仍然沿着小溪在走,就一路向下,一边走,一边鸣枪发信号。

"现在,我终于可以听见你的声音了,虽然我们的手还不能碰到一起,可是你要相信,我们一定还会再见的!别灰心,亨利。"

听着叔叔的话,我的心里又有了希望,虽然这希望十分渺茫,可是我依然不能放弃,而且我想到了一件很重要的事。

"叔叔!"

"怎么了,孩子?"过了一会儿我才听到叔叔的回答。

"我们得知道我们相隔多远。"

"这并不难。"

"叔叔,您带着计时器吗?"

"带着呢!"

"您现在拿出来,叫一声我的名字,然后马上开始计时,我在听见您的声音后,马上再重复一遍。您在听到我的声音后,停止计时。这段时间的一半,就是您的声音传到我这儿的时间。"

"好的,现在,我开始叫你的名字——亨利!"

我将耳朵紧紧贴在石壁上,一听到我的名字时,马上又重复了一句。

"40秒。"叔叔回答道,"那么我们之间相隔了20秒的距离。声音每秒可以传播1120英尺,所以我们之间的距离是22400英尺,也就是不到4英里。"

"4英里?"这段距离对我来说依然很困难,"那我应该怎么走呢?是向上,还是向下?"

"别泄气,亨利,这点距离算不了什么!你现在往下走,我和汉斯现在到达了一个很大的洞穴,这里所有的通道都是从这个洞穴向外延伸的,你走的那条通道也一定会把你带到这里来。走吧,孩子!如果你实在走不动了,你就向下滑,坡度有些陡,你要稳住步子,放心吧!我们会在通道口等着你的!"

叔叔的话带给了我勇气,我站起身来,准备往下走,一旦离开这个地方,我就再也听不到叔叔的声音了。

"叔叔,再见!"

"亨利,再见!"

这就是我听到的最后几个字。

既然叔叔的声音能传过来,就说明我们之间没有任何阻碍,只要我能坚持走下去,就一定能够找到叔叔。

我立即站起身来,向下走去。与其说走,还不如说滑,我看不到四周,只能感觉到地面的坡度很大,我下滑的速度越来

第八章
地下海洋

越快。

突然，我一脚踩空，然后感觉自己笔直地掉落了下去，然后我的头撞到了一块岩石上，就直接晕了过去。

当我苏醒过来时，自己正躺在一层厚厚的毛毯上，四周半明半暗。叔叔一看到我睁开眼睛，就一下子抓住我的手，把我紧紧搂在怀里。

"你醒了，孩子！"叔叔激动地说，"太好了，你总算得救了！"

叔叔关切的话语立刻传进耳朵里，再也不用等上那漫长的二十秒钟。

我看到了叔叔满含泪水的眼睛，那里面充满了喜悦。我被深深地感动着，每当我遇到危险，我就会感受到叔叔的温暖。

这时，汉斯来了，看到我与叔叔紧紧相握的双手，虽然表面平静，但是他绝对是十分高兴的，我看得出来。

"你好！"汉斯朝我打着招呼。

"你好，汉斯！"我轻声说，"叔叔，我们现在是在哪儿呢？"

"亨利，你现在身体还很虚弱，我们明天再说，你再睡一会儿吧。"

"好吧，那你至少告诉我现在是什么时间了，好吗？"

"现在是8月9日，星期天，晚上11点。好了，睡吧，孩子。"

我确实十分疲惫，知道时间后，就不由自主地闭上了眼睛，我想到我独自一人孤独绝望地度过了漫长的4天，我再也不要过那样的日子了。

第二天醒来，我觉得精神好多了，于是观察了一下周围的

环境。

此时我在一个美丽的石洞里,洞内长满了漂亮的钟乳石,地面上铺着一层细沙。

虽然洞内没有火把,也没有照明灯,可是依然有一丝光亮,从狭小的洞口里照进来。我还听到了一种模糊而低沉的声音,就好像是海浪拍打在沙滩上,有时还夹杂着萧萧的风声。

难道我还在做梦,还是我产生了幻觉?叔叔是不是已经结束了探险,回到地面上了?到底是怎么一回事呢?正在此时叔叔回到了洞中。

"早上好,亨利!"叔叔见我醒了,非常高兴,"你看起来精神不错。"

"是的,我好多了,不过我饿坏了。"

"哈哈,我这就让你吃饭,你的烧已经退了,汉斯用一种特别的药膏涂在了你的伤口上,伤口很快就奇迹般愈合了。汉斯真是个了不起的人!"

叔叔准备好了早餐,我立刻狼吞虎咽地吃了起来。一边吃饭,我一边和叔叔聊天,又知道了许多事情。

原来我是幸运的,当初我一路顺利地下滑,没有遇到任何阻碍。因为和我一起下落的还有一股岩石流,这些碎石块并没有压到我,还把我送回到了叔叔的身边。

"你能活下来可真是个奇迹!"叔叔说。

"那也就是说,我们的探险并没有结束是吗,叔叔?"我惊讶地睁着眼睛。

"是啊,亨利,你怎么了?"

"我的脑子没摔坏吧?"

"没有,亨利,你好好的!"

第八章
地下海洋

"那我们也没有回到地面上？"

"没有啊。"

"我一定是神经错乱了。我竟然看到了阳光，听到了海浪声，还有风声！"

"哦，原来你是因为这个！"叔叔听到我的话，笑着说道。

"这到底是怎么一回事，难道这些是真的吗？"

"是的，亨利。虽然这无法解释，不过当你亲眼看到了这一切，你就会明白了。"

"那我现在就想出去看看！"

"不行，亨利，你的身体还没有好，伤口吹到风，万一复发了怎么办呢？"

"叔叔，我已经好了，您就让我去吧，我保证我的身体不会出任何问题！"

"你再耐心等等，如果你再生病就麻烦了，我们不能耽搁，因为坐船要很长时间。"

"什么，坐船？"

"是的，你再休息一天，明天我们就登船。"

坐船？登船？难道我们的前面有一条河，一个湖，或者是一片海吗？船？哪来的船？

我的好奇心已经忍不住了，我一定要出去看看。叔叔见实在拉不住我，只好做出了让步。

于是我穿好衣服，把头裹得严严实实的，立刻走出了石洞。

刚刚走出洞口，由于长时间处在黑暗里，一下子适应不了这么强的光亮，我的眼睛什么也看不见。

我闭了一会儿眼睛,再次睁开时,我不禁惊呆了!

"大海!"我惊叫道。

"是的,"叔叔回答,"哈德海,我以我的名字为它命名,我想没有哪个航海家能够否认,是我第一个发现了这片海!"

我站在岸边,一眼望去,海面辽阔,看不到尽头。连绵起伏的波涛一下一下温柔地亲吻着月牙形的岸边,金色的沙滩上散落着一个个洁白的小贝壳。海浪撞击着沙滩,发出只有在地下这个巨大密封的空间里才能听得到的奇特声响。

微风轻拂,带起水面上细细的薄雾,轻轻刮在我的脸上。在微微倾斜的海滩上,插着一堵巨大的石壁,笔直地矗立着,差不多有600英尺高。

这真的是一片大海!海岸线曲折蜿蜒,延伸到远方,只不过这里没有一个人影,显得格外荒凉。

我之所以能看到大海的远处,是因为这里有一道特殊的光线,将这里的一切照亮。它既不像太阳光那样强烈,又不像月光那样冷若冰霜。它就像一个巨大的电源,发出明亮干燥的白光,把这个巨大的山洞照亮。

我的头上,暂且把它叫作天空也可以。它似乎是由片片飘移不定的云团组成,它们是移动变幻着的水蒸气,一遇到冷空气就会凝结,变成倾盆大雨。

我以为在这样大的气压下,水不会产生蒸发现象,可是我也不知道是什么物理现象,使这些水蒸气飘浮在空中。

这片海岸无边无际,我不知道它有多宽,也不知道它有多长,远处地平线上的浓雾阻碍了我的视线。

置身于这个巨大的山洞中,我无法形容这个山洞的特别,

第八章
地下海洋

哪怕是我在书中读过那么多大大小小、形形色色的洞穴，也没有一个可以和我眼前的这个相媲美。

我静静地注视着眼前的奇景，找不到任何语言来形容此时内心的感受。我站在岸边，呼吸着高浓度的空气，感觉身体充满了力量。

可以想象，对于我这个在黑暗狭窄的通道里封闭了47天的人来说，呼吸到这样潮湿又充满盐分的空气是多么大的安慰。

而叔叔显然已经看惯了眼前的景色，已经不再感到惊奇。

"现在，你有没有力气散散步呢？"叔叔问道。

"好啊，我很想到处走走。"

"好的，你挽住我的胳膊，让我们沿着海岸线走走吧。"

于是，我们沿着大海开始漫步。在我们的左边，岩石陡峭，层层叠叠，形成又高又大的岩石堆。

岩石的侧壁上，条条瀑布倾泻而下，慢慢变成小溪，再潺潺地平缓注入海中。几缕轻雾不时从岩壁边升起，好像朵朵白云，在岩石间飘浮。

在众多流淌的小溪中，我发现了我们一直忠诚的好朋友——汉斯河，它也同样静静地流入大海，仿佛早已在这儿存在了千万年。

"以后，再也不会有这条小溪伴随着我们前进了。"我略微伤感地说。

"这有什么关系呢？没有了这条小溪，我们还会有其他同行的伙伴。"

我不认同叔叔的话，觉得有些忘恩负义。我刚想说些什么，眼睛却又被另一处风景吸引过去了。

离我们不远的地方突然冒出了一片高大浓密的森林。这些

树木高矮适中,遍地丛生,都呈伞状,轮廓清晰。

一阵风吹过,树叶却纹丝不动,依然静静伫立在那里,仿佛是用化石做成的。

我加快了脚步,想要走近这些植物一探究竟。这些会是地球上存在的植物吗?会不会是全新的物种呢?

当我快步走到树荫下时,我的惊讶已经变成了赞叹。

其实,它们就是地球上我们见过的植物,只不过它们生长得异常高大。叔叔一下子就叫出了这些植物的名字:"蘑菇林!"

这竟然是蘑菇!看来这里阴暗潮湿的环境相当适合蘑菇的生长。这里的蘑菇高达三四十英尺,与蘑菇伞的直径完全相同。

它们密密麻麻地生长着,光线根本无法穿透这片浓密的阴影,因此蘑菇伞下一片漆黑。

这些漆黑的小圆顶接连排列着,就像是非洲居民区的圆屋顶。

我们继续往里走,在这些黑黑的蘑菇顶下转悠了半个多小时,这里没有光线并且潮湿。

当我们重新回到海边时,光亮与温暖使我感到十分舒服。其实这里不光有蘑菇林,还同样生长了许多其他植物。

比如远处那一簇一簇的灌木,和我们在地面上见到的一样,只不过体积非常庞大。还有高达100英尺的石松,一种与松树一样高大的蕨类植物。

第九章 驶离克劳伊港

　　神奇伟大的大自然,你到底有什么力量,创造出了这样的植物!我不禁想,地球在最初形成时,只有植物存在,那该是一幅多么壮观的景象啊!夜晚悄悄地降临了,然而空气的发光性能却丝毫没有减弱,这是一种非常持久的现象……

"这真是个神奇的地方！实在是太壮观了！"叔叔不住地赞叹道，"地球上过渡时期的植物全都在这里了，这些在我们花园里随处可见的植物，当初诞生的时候，竟然如此高大！快看啊，亨利，没有任何一个植物学家能够如此大饱眼福！"

"您说得对，叔叔。上帝好像是故意把这一切隐藏在这里。"

"是的，孩子，不过这里同样还是一个动物园。"

"动物园？"我连忙看向四周，如果这里的动物也和植物一样长得异常高大，那我们可就有麻烦了！

"是啊，你低头看看我们脚下的尘土和散落一地的化石。"

"这些都是古代动物的化石！"我蹲在地上仔细地观察起来，"可是，叔叔，这些动物怎么会出现在地下的洞穴中呢？"

"因为这里的地层是沉积层，而当初动物就是在沉积层产生后才出现的。"

"什么？在这么深的地下竟然有沉积层？"

"是的，不过这种现象是可以解释的。地球在某一时期，是由一层具有伸缩性的外壳包裹着的，由于地心引力的作用，地球的表面形成了高低不平的起伏，还会发生地面的塌陷和开裂。这一部分沉积层很有可能就是掉入了突然裂开的缝隙

第九章
驶离克劳伊港

中。"

"那么既然这一带曾经有古代动物生活过,那它们现在是否依然存在,只是悄悄地躲在了黑暗的森林里,或者陡峭的岩石后呢?"

想到这里,我有点儿害怕,恐惧地察看了一下四周的海岸。然而海岸平静一片,没有任何动物的影子。走了这么长时间,我也有些累了,就找到了一个岬角,在石头顶上坐了下来。

浪涛在脚下拍打着海岸,我望着远处,整个海湾都在我眼前,被月牙形的海岸包围着。

在海湾的尽头,有一个小小的港口,夹在岩石中间,那里没有海风,水面非常平静。我似乎看到了几艘小船,正借着海风扬帆起舵。

不过这种幻觉很快就消失了,风停的时候,冰冷的岩石和生硬的海面被一层说不出的寂静笼罩着,我好想拨开那层层迷雾,看清海的尽头。

我静静地在这儿坐了一个小时,才踏上回去的路。当晚,我就在这些千奇百怪的念头中沉沉地睡去了。

舒服地睡了一夜后,我的身体已经完全康复了。我想,如果能够洗个澡,我应该会更加神清气爽。我走出去,一下子跳进海里,惬意地泡了一会儿,觉得浑身更加轻松了。

泡完澡回来,正看到汉斯在为我们做饭。他的厨艺棒极了,能够把简单的食物做得有滋有味。再加上这里有水,我们还有火,汉斯在山洞里给我们做了各式各样的美餐,我食欲大开,吃得停不下来。饭后,汉斯还贴心地递上一杯咖啡,我们边喝边聊。

"一会儿就要涨潮了,"叔叔说,"我们可不能错过这个

研究的好机会。"

"涨潮？"我惊讶地问，"难道这里也会受到太阳和月亮的影响吗？"

"当然了，亨利。在地球上，是没有物体能够逃过万有引力的。"叔叔点了点头，"尽管这里的海面上气压很高，但是它仍然有涨潮和退潮的现象。"

"跟我来！"叔叔朝我摆摆手。走出山洞，我看到海水正在向岸边涌来。

"开始涨潮了！"我大声说道。

"是啊，据我估计，海水将会上涨10英尺左右。"

"这太神奇了！"

"这很正常，亨利。"

"可是无论怎么说，我都觉得这里真的很神奇，有谁能想到，在如此深的地下，竟然会有大海、潮汐、海风和暴雨。"

"可是又有哪一条定律规定地底下不能有大海的？"

"除了地心热量的理论，叔叔。"

"然而迄今为止，地心热量这种理论都没有被证实过。"

"当然，叔叔，我必须承认地下的海洋、陆地和这些神奇的植物都是真实存在的。任何理论都无法反驳。"

"只不过，这些海洋和陆地上都没有人居住。"

"可是叔叔，为什么这片大海里没有鱼呢？"

"我也在奇怪，我们连一条都还没看到过。"

"那我们就做一些钓竿吧，试试能不能钓上来一两条！"

"我们当然要试试了，我们要弄清楚这里所有的秘密！"

"那我们就先来弄清楚我们此时的地理位置。"

"从水平方向来看，我们现在距离冰岛875英里。而且我敢

第九章
驶离克劳伊港

确定,误差不超过1英里。"

"罗盘还是指着东南方吗?"

"是的,东南偏西19度42分。与地面上一样,只是根据罗盘的倾角,我发现了一个奇怪的现象。"

"什么现象?"

"罗盘的指针不像在北半球那样指向磁极,而是指着相反的方向。"

"这么说,磁极处在地表和我们现在所处的位置之间?"

"没错,孩子。如果我们继续朝着磁极区的方向走去,我们很可能会发现指针垂直向上指着。这样分析来看,引力的中心应该不会在很深的地方。"

"那么这个发现将推翻以前的科学理论!"

"孩子,科学往往也包含着许多错误,不过错误并不是什么坏事,它是真理的引路石。正是因为有了错误,人们才能够发现正确的答案。"

"叔叔,我们现在的深度是多少?"

"地下87.5英里。"

"这样的话,"我把地图翻了出来,"我们现在已经到了苏格兰山区,头上正好是格兰宾山脉。"

"对,"叔叔笑道,"我们头上的压力可不小啊!不过,我们山洞的拱顶还是很坚固的。大自然是最好的建筑师,它用最好的材料建造了这个洞穴。人类永远也想象不到这些东西!和这样宽阔结实的拱顶相比,我们在地上建造的那些拱桥和教堂的门拱实在是不值一提。"

"是啊,我们根本就不用担心山洞塌下来。叔叔,您现在还有什么计划吗?我们什么时候才能回到地面呢?"

"回去?不,我还要继续往前走!一切都是那么顺利,以后我们的运气一定会越来越好的!"

"可是,叔叔,我们要怎么渡过这片大海呢?难道您要跳到里面游过去吗?"

"当然不是游过去了,我们会坐船过去。"

"船?那当然好了,可是我们哪里有船呢?"

"其实并不是船,而是一只结实牢固的木筏。"

"木筏?可是木筏和船一样难造,而且我并没有看到……"

"没看到,可是你会听到的。锤子的声音会告诉你,汉斯已经在行动了!我们去看看吧!"

走了大概半个小时,我们来到了一个天然的小港湾,汉斯正在那里忙活着。我走到汉斯身边,惊讶地发现,沙滩上放着一只已经完成了一半的木筏。它是用一种特殊的木材做成的。

"叔叔,这都是什么木头啊?"

"松木、杉木、桦木以及生长在北方的针叶树种,在海水的作用下,它们已经被矿化了。"

"可是,它会像煤一样坚硬,而且不能浮在水面上啊!"

"有时候是这样的,一些树木会石化成真正的煤。但是也有例外,比如你现在看到的这些树木,它们才刚刚开始经历石化过程,你看!"说着,叔叔便拿起一块圆木,扔进了海里。

那段木头先是沉进了海里,但是没一会儿又浮出了水面,随着波浪来回起伏着。

"看到了吗?"叔叔问道。

"这太令人惊叹了!"

能干的汉斯在第二天晚上就把木筏做好了。这只木筏长约

第九章
驶离克劳伊港

10英尺，宽约5英尺。树干被结实的绳索紧紧地捆在一起。大家齐心协力地将木筏推下海，木筏就静静地漂在了海面上。

8月13日，我们早早就起来了，马上就要乘坐这个全新的交通工具出发了，心情有点儿激动。整只木筏被捆绑得非常牢固，一点儿也不用担心它会散架。

早上6点，叔叔一声令下，我们把我们的食物、行李、仪器，还有从岩壁边打来的泉水都稳稳当当地装上了木筏。

汉斯在木筏上安装了一个舵，用来操纵方向。他把着舵，我把木筏系在岸上的缆绳解下，帆升了起来，我们很快就驶离了港口。

离开港口时，叔叔执着地要为小港起个名字，并且打算以我的名字命名。可是我还有别的想法。

"叔叔，我还是为您推荐另一个名字吧！"

"什么名字？"

"就叫克劳伊港吧。"

此时，正刮着东北风，我们借着风势急速前进，就像一台巨大的风扇在后面，强有力地推动着木筏快速向前。

一个小时后，叔叔通过观察判断出了我们的航行速度。

"要是照这样的速度前进下去，我们一天至少能够行驶75英里，这可比在岸上走快多了，我想我们很快就可以到达对岸了。"叔叔开心地说。

这个速度快得让我感到意外，我没有说话，只是坐到了木筏的前头。远远看去，北边的海岸已经远远地消失在了地平线上。两岸之间好像一双正在慢慢张开的手臂，隔得越来越远。我的眼前只剩下了茫茫的大海。

大块大块的乌云将它灰色的阴影投射到了海面，影子飞快

地移动着,黑漆漆地压在这死气沉沉的大海上。周围是如此的寂静,要是没有木筏推开的条条波纹,我甚至觉得我们是静止不动的。

中午时分,我们来到了一个漂浮着大团海藻的区域,我知道这种海藻繁衍能力特别强,蔓生在12000英尺深的海底,经常在水下形成巨大的海藻团,会妨碍来往船只的航行。可是,我还从来没有见过这么大的海藻。

我们沿着长达三四千英尺的海藻团继续前进,这些海藻仿佛巨大无比的海蛇,伸展蜿蜒开去,可是,几个小时过去了,仍然看不到尽头。

神奇伟大的大自然,你到底有什么力量,创造出了这样的植物!我不禁想,地球在最初形成时,只有植物存在,那该是一幅多么壮观的景象啊!夜晚悄悄地降临了,然而空气的发光性能却丝毫没有减弱,这是一种非常持久的现象,我在昨天晚上就发现了。

晚饭过后,我靠着桅杆,很快就进入了梦乡。汉斯则一动不动地掌着船舵,平稳地驾驶着木筏。

我们在离开克劳伊港口后,叔叔希望我能够把沿途经历的每一件事,每一个小细节,还有一些有趣的现象、风向、航线、航行速度都记录下来。于是,便有了下面的航海日记。

第十章 航海日记（上）

　　能够在铁镐上留下牙印的动物，颌骨一定非常有力量。这种动物该是多么庞大，难道水下真的有怪物吗？我那些可怕的梦就要成为现实了？我死死地盯着那些齿印，不停地问自己。

8月14日,星期五

西北风平稳地刮着,木筏快速地向前航行。在大风作用下,我们距离海岸已经75英里了,远处的地平线上什么也看不到。

天气晴朗,万里无云,周围白茫茫的,犹如在空气中撒下了熔化的白银。温度计显示为32摄氏度。

到了中午,汉斯将鱼钩系在线上,又挂上了一小块鱼肉作为鱼饵,然后就把鱼钩扔了下去,准备碰碰运气。

我在一旁目不转睛地盯着他,心中十分焦急,但也没抱太大希望。这边水域已经在地下沉寂了千万年,真的还可能有活的生物吗?

突然,钓竿被向下重重地一拖,我的心也被紧紧地牵了起来,只见汉斯从容不迫地将鱼钩拉上岸,那真的是一条鱼!正在努力地挣扎,试图逃走。

"鱼?"叔叔戴上了眼镜,准备仔细看看。

"是条鲟鱼!"我一下子认出来。

叔叔仔细地观察了这条鱼后,否定了我的说法。这条鱼有着平圆的头部,身体上覆盖着骨质的鳞片,胸肌发达,却没有牙齿和尾巴,它像是鲟鱼却又不是鲟鱼。

叔叔观察了许久,确定自己没有搞错后,他说:"亨利,这条鱼是几个世纪前就已经灭绝了的原始种类,在地球上早就

第十章
航海日记(上)

灭绝了,人们只见过它的化石。"

"这么说,我们捕捉到了一条已经灭绝了的原始生物!"我惊讶道。

"是的。"叔叔头也不抬一下,恨不得要把这条鱼的里里外外都看透,毕竟对于博物学家来说,能够看到这样一个活标本,可真是一件天大的喜事!

"那么叔叔,它属于哪个种类呢?"

"它属于硬鱼鳞系,至于类别……"叔叔有些犹豫不决。

"是翼鳍类!"叔叔确定了起来,"因为这种鱼类都有一个共同的特点,并且这个特点只有地下的鱼类才有。"

"什么特点?"

"它们都是瞎子!"

"瞎子?"

"不光瞎,而且根本就没有眼睛。"

我拿起这条鱼,也仔细打量起来,叔叔说的是对的。但会不会有例外情况呢?于是我又挂好鱼饵,扔入海中。两个小时内,我们又钓上来许多翼鳍属鱼,还有一些其他已经灭绝了的鱼,比如双鳍鱼,就连叔叔也说不上来它属于哪一类,不过所有钓上来的鱼都没有眼睛,这也证明了叔叔的想法。

我们根据这些鱼儿得到了一个结论,那就是在这片海洋里只有远古时期的动物存在,而且进化得十分完善。

科学家们曾经根据一些残存的骸骨成功复制出了蜥蜴类动物的标本,或许我们在这里也能够遇上几只这样的动物呢!

我举起望远镜开始观察,但是没看到任何东西。或许我们还是离岸边太近了吧,我抬起头,看了看寂静的天空,这里没有鸟,不然这海里面的鱼一定足够它们吃了。

虽然我什么也没发现，却不禁幻想起来。我仿佛看到远方有一只巨大的海龟在慢慢地游动，就像海上漂浮着的小岛。

昏暗的沙滩上，走过来一只短脚兽和一只凌齿兽，这是地球上最早期出现的哺乳动物。

远处，一只奇蹄兽悄悄地躲在岩石后面，准备随时和偶蹄兽抢夺食物。

体形庞大的乳齿象甩动着它那长长的鼻子，用锋利的牙齿敲碎岸边的岩石。

大懒兽像猫一样高高弓起身子，伸出大大的爪子刨着泥土寻找食物，一声长啸久久回荡在岩壁之间。

往高处看，一只猿猴，也就是地球上出现的第一只猴子，正在缓缓地攀爬着陡峭的山峰。

再高一些的地方，一只翼手龙张开那羽翼般的爪子，像蝙蝠一样滑翔在天空中。在最高的地方，有一群巨鸟，展开双翼，用头顶撞击着花岗岩的拱顶。

想到这里，我又开始追溯着地球的形成过程。那时候人类还没有诞生，哺乳动物最先消失了，接着是鸟类，然后第二时期到来了，爬虫、鱼类、甲壳动物、软骨动物和有节的无脊椎动物也相继消失了。最后是过渡时期的珊瑚虫、海葵等植物。

我的灵魂好像迅速地穿梭在各个时期，所有的动物都在我眼前一闪而过。

我已经沉浸在了自己的想象中，这就像是一个梦境，我久久无法自拔。

"亨利，你怎么了？"叔叔的声音在耳边传来。我睁大眼睛稀里糊涂地看着叔叔，还没有回过神来。

"小心点，别掉到海里去！"叔叔急切地说。接着我就感

第十章
航海日记（上）

觉有人紧紧地抓住了我，是汉斯，我刚刚踩在木筏边上，差点儿就掉到大海里去了。

"你疯了吗？"叔叔又喊了一声，我这才清醒过来。

"没有，叔叔，我只是做了一个梦，现在已经回过神来了。我们现在怎么样，一切还好吗？"

"一切都好，木筏行驶得很快，如果顺利的话，我们很快就能靠岸了！"

听到叔叔的话，我立即站直身子，抬头向远方眺望，但远处依旧是水天一线，看不到尽头。

8月15日，星期六

大海依旧是一片单调的景象，四处空荡荡的，看不见陆地的影子。昨天的那些胡思乱想，让我今天依旧昏昏沉沉的。

叔叔的心情看起来很烦躁，他不停地在木筏上走来走去，一直用望远镜反复地审视着远方的海平面，可始终一无所获。

看来叔叔又恢复了他的急脾气。在这次探险中，我发现了叔叔温情的一面，不过只有在我遭遇危险，经历磨难时，叔叔的温柔与耐心才会展现出来。

现在我完全康复了，叔叔就又恢复了本性，不知道这次又是什么惹恼了他，一直以来，我们都很顺利，不是吗？

"叔叔，您看起来很着急。"当我看到他又一次拿起望远镜的时候，终于忍不住说道。

"当然了，谁都会不耐烦的。"

"可是我们已经走得很快了。"

"再快又有什么用呢？这片海洋太大了！"

我这才记起在我们航行之前，叔叔曾经对这片大海做过预

测,说它的长度在75英里左右。可如今我们至少走了这个长度的3倍了,可还是依然望不到尽头。

"而且我们并没有在下降。"叔叔继续说,"这简直在浪费时间,我来到这里,可不是为了到这个池塘里划船的!"叔叔竟然把这个大海比作池塘!

"可是,我们一直是沿着阿尔纳所标示的路线前进的啊……"

"问题就出在这儿,我们走的路真的对吗?阿尔纳也到过这片大海吗?我们会不会是被那条小溪带错路了呢?"

"即使走错了又怎么样呢?在这儿我们已经看到了这么奇妙的风景,也算不虚此行啊!"

"我来这儿可不是为了看风景的!我是为了地心才来的,我的目标很明确,并且一定要实现它!"

我决定不再说话了,任由叔叔一个人紧咬着嘴唇心里着急。

8月16日,星期日

还是老样子,天气没什么变化,只是风力稍微大了一些。早晨一起来,我就去观察光线的变化。

我一直都有些担心,光的强度会不会越来越弱,直至熄灭,然后把我们抛进一片漆黑里。

还好,什么都没有发生,木筏的影子还是清楚地倒映在水面上。

叔叔多次对海水的深度进行了测量。他在一根1200英尺长的绳子顶端系上了一把很沉的铁锚,放入海里。

长绳完全放下去之后,还是没有触及海底。我们又费了九

第十章
航海日记（上）

牛二虎之力把铁镐拽了上来。

当铁镐被拉上木筏之后，汉斯突然指着铁镐，上面有一些深深的痕迹，似乎被什么东西重重夹过。

汉斯说出了一个丹麦词语，我听不懂，就把头转向了叔叔，可是叔叔一直在沉思，我也没法打扰他。

我只好又转过头来看向汉斯，汉斯的嘴张张合合了好几次，我又仔细地检查了铁镐上的痕迹，这才恍然大悟。

"牙印，是牙印！"我惊奇地说。

能够在铁镐上留下牙印的动物，颌骨一定非常有力量。这种动物该是多么庞大，难道水下真的有怪物吗？我那些可怕的梦就要成为现实了？我死死地盯着那些齿印，不停地问自己。

这个念头一直缠着我，整整一天，我都忐忑不安。直到晚上睡了几个小时后，才渐渐平复了一些。

8月17日，星期一

今天，我回忆起侏罗纪时期的原始巨兽的特征。它们是在软体动物、甲壳动物和鱼类之后，在哺乳动物之前出现的。

那时候，爬行动物统治着世界，这些巨型动物主宰着海洋，它们体格强壮，力大无比。今天地球上存在的最大的爬行动物都不能与之相比。

一想到这些可怕的怪物，我就害怕得不得了。我曾经在博物馆看到过一具长达30英尺的爬行类动物的骨骼。我难道真的会碰上这样的庞然大物吗？不会的！

可是那铁镐上清晰的牙印却时时刻刻地提醒着我它的存在。从齿印可以看出，怪兽的牙齿是圆锥形的，与鳄鱼的牙齿相似。

我心神不宁地盯着海面,生怕什么时候就会蹿出一只可怕的海兽来。

叔叔看来和我有同样的想法,只不过他不是害怕,而是仔细地观察着大海。

"都怪叔叔,为什么要测量海水的深度呀?他一定把水下的怪物惊动了,要是我们万一遇上了……"我在心里嘀咕着。

我不安地看了看我们随身携带的武器,它们还在,这让我微微松了一口气。一旦遭遇袭击的话,我们还有能力自保。

叔叔看我把目光移到了武器上,满意地点了点头,表示赞同。

就在这时,水面突然像开了锅一样翻腾起来,危险已经在靠近了,我们必须戒备起来!

第十一章 航海日记(下)

桅杆挺立着,船帆被吹得鼓鼓的,像是一个马上就要胀破的气泡。木筏飞一般前进着,根本无法估算它的速度,可就算是这样,木筏的速度也没有雨点下落的速度快,雨滴直接连成了一条线,形成一道巨大的水帘。

8月18日，星期二

夜幕渐渐降临，准确地说，是我的睡意渐渐袭来了，这里没有黑夜，强烈的光线照得我睁不开眼睛。现在是汉斯在掌舵，我慢慢地睡着了。

两个小时后，我突然被一阵剧烈的震动惊醒。木筏突然间被一股巨大的力量顶了起来，一下子被抛出130多英尺。

"怎么了？触礁了吗？"叔叔问道。

汉斯指着不远的地方，那里正有一块黑乎乎的东西在不断地浮沉。

"大海豚！"

"对，还有一条海蜥蜴，它的体形大得惊人。"

"更远处还有一条大鳄鱼呢！你看它那巨大的颚骨，尖尖的牙齿！啊，它不见了！"

"鲸鱼，鲸鱼！"叔叔大声叫道，"我看到它的鳍了，还有喷出的气流和水柱！"

接着，两条高高的水柱从海面冲天而起，一下子打破了四周的寂静。

我们站在木筏上，面对这群海中的巨兽，大家都惊愕不已，手足无措，即使是其中最小的一只，也能用牙齿把我们的木筏咬烂。

第十一章
航海日记（下）

汉斯摇着舵想要把船驶离这片危险的水域，然而，在相反的方向，还有一群更加可怕的东西在等着我们。

一条40英尺长的海龟和一条30英尺长的海蛇浮出了海面，那条巨蛇的头正高高地抬起。

怎么办！我们现在已经无路可逃了。成群的海兽正渐渐地向我们逼近，它们在木筏周围迅速地兜着圈，把我们层层围在中间。

我惊恐地拿着枪，可是这些动物浑身长满了坚硬的鳞片，一颗子弹又能有什么用呢？

我已经吓得目瞪口呆了，巨兽还在逼近，一边是巨鳄，一边是海蛇。其他动物却不见了。

我正举起手枪想要射击，汉斯却用手势制止了我。我不明所以，那两只怪兽却绕过我们游走了，然后互相猛扑了上去，它们好像并没有看到我们。

两只巨兽就在距离我们300多英尺的地方展开了激战，我们可以清楚地看到它们的一举一动。

在我看来，其他海兽一定也会参加这场混战，我把这个想法说了出来，汉斯却并不认同。

"只有两只。"他说。

"什么，怎么可能？"

"他说的没错，亨利。"叔叔一边拿着望远镜观察着这场激战，一边跟我说。

"怎么会呢？"

"你看，第一只海兽长着海豚的鼻子、蜥蜴的头和鳄鱼的牙齿。是这些特征蒙蔽了我们，让我们以为有很多只怪兽，这种动物是古代最可怕的爬行动物，叫作鱼龙。"

"那另一只呢？"

"另一只是蛇颈龙，它藏在龟壳里，其实是一条海蛇，正是鱼龙的死对头。"

我又认真地看了一会儿，汉斯说的没错，确实只有两只怪兽，但它们把海面搅得天翻地覆。我看到了鱼龙血红的眼睛，比人的头还要大。

大自然真的是巧夺天工，它赋予了鱼龙特殊的视觉器官，足以可以扛住海水的巨大压力，在深海中生活。

一些科学家把它称为"蜥蜴中的鲸鱼"，因为它的体积与游行速度都和鲸鱼相同。当它在海浪上抬起它笔直的尾巴时，我猜它至少也有100英尺。它的下颚宽大有力，自然学家曾经认为它有182颗牙齿。

另一只蛇颈龙，长着像蛇一样长长的身体，有一条又短又粗的尾巴，四肢像是船桨，整个身上覆盖着一层厚厚的坚硬甲壳，颈部像天鹅那般柔软，伸缩自如。头部抬起离水面可达30英尺。

两只海兽不顾一切地打斗，疯狂地扭打在一起，掀起了巨浪，一下一下拍打在我们的木筏上，木筏有好几次都险些翻过去。

巨大的撕咬声一阵阵传来，让人感觉地动山摇，毛骨悚然。它们紧紧地纠缠在一起，让人无法分辨。

一个小时过去了，又一个小时过去了，还是没有分出胜负。它们一会儿离我们近，一会儿离我们远。弄得我们连动也不敢动，时刻拿着手枪准备自卫。

忽然，这两只巨兽一下子不见了踪影，只见海面上形成了一个巨大的漩涡。看来它们又潜入海底继续战斗去了。

第十一章
航海日记（下）

猛然间，在离我们不远的地方，一颗巨大的头颅冲出水面，那是蛇颈龙的头。

它好像刚刚受到了致命的一击，身上的甲壳不知道去了哪里，只见它痛苦万分地甩动着脖颈，举起，落下，卷起，伸开，尾巴狠狠地抽打着海面，而身子则像被砍断的蠕虫一样扭曲着。

海水四处飞溅，弄得我们睁不开眼。渐渐地，蛇颈龙没了力气，挣扎扭曲的幅度越来越小。最后，它终于一动不动地漂在了海面上。

8月20日，星期四

今天的风向是东北偏北，风力时大时小，不太稳定。气温很高，此时木筏的航行速度是3.5海里①每小时。

大约到了中午，远处传来一阵阵声响。我把这种声音记录了下来，那声音低沉连贯，我也弄不清楚是什么发出来的。

"这附近一定有礁石或是小岛，"叔叔说道，"这像是海水拍岸的声音。"

汉斯听到叔叔的话，默默地爬上了桅杆顶部，向远处眺望。可是并没有看到任何东西，远处依旧是海天相接的一片。

三个小时过去了，还是没有什么发现，这种声音会不会是来自远方的一道瀑布呢？

我把我的想法告诉了叔叔，可是他却摇了摇头。我觉得我没有听错，或许我们正在向某个大瀑布前进呢！

我们会不会被瀑布拖进一个深渊，然后垂直下落？也许叔

---

① 1海里=1.852千米

叔会喜欢这种下降的方式，可是我……好吧，无论是什么，总之可以确定，几英里外一定有这种声音的来源。

木筏越向前行驶，那声音就越大，是借着风传进我们耳朵的，它到底来自天上还是来自海面呢？

我看向空中的云朵，想要看透云层的厚度，天空十分宁静，云彩高高地挂在穹顶上，纹丝不动，好像已经融入了白色的强光之中。

看来声音并不是来自天上。我又把目光投向了海面，它也依旧如故。

如果这声音是瀑布传来的，那就说明大海正在朝着某一个凹陷的地方倾泻，要是这个声音的确是直下的飞流造成的，那海水的流速就一定会产生变化，能够带给我们一些警示。于是，我将一只空瓶扔入水中，可是瓶子只是随风漂动着。

下午4点，汉斯站起身来，又爬到了桅杆上，他俯瞰着四周，将整个海面尽收眼底，最后他将目光锁定在一个小点上。汉斯的脸上并没有露出惊讶的神色，但紧紧地盯着那个光点。

"他好像发现什么了。"叔叔说。

"我也这么认为。"我回应道。

这时候，汉斯从桅杆上下来，然后指着南边说：

"那里。"

叔叔立即拿起望远镜，仔细地观察了一分多钟，然后开口激动地说道："没错，没错！"

"叔叔，您看到什么了？"我着急地问道。

"海上喷出了一道巨大的水柱！"

"又是海兽干的吗？"

"也许吧。"

第十一章
航海日记（下）

"那我们还是赶紧向西航行吧！别再碰上这些可怕的海兽了。"我有些害怕。

可是叔叔却根本不为所动："不，继续向南航行！"

我回过头看向汉斯，可想而知，汉斯一定不会听我的了。

此刻据我的估计，我们距离这头海兽差不多有12海里，隔着这么远的距离，我们都能够看到它喷出的巨大水柱，那这头海兽该有多大啊！现在最好的做法就应该是溜之大吉，可是我们却不能这样做。

木筏继续前进着，水柱也越来越大，到底是什么怪兽，竟然能够吸入这么多水，然后再不断地把它喷出来呢？

晚上8点，我们距离海兽不到2海里了。那怪兽的身体很长，呈黑色，并且十分巨大，犹如一个小岛一样浮在海面上。是我的幻觉吗，还是我太害怕了，为什么我看它足足有半英里长？它到底是什么东西啊？

此刻，它一动不动，就像是睡着了。大海似乎也托不动它的身躯，海浪也只能在它的身侧激起浪花。而它喷出的水柱却高达500英尺，然后便像雨点一样洒落下来，发出巨大的响声。我想我们一定是疯了，才会不顾一切地朝着它冲过去，估计一百条鲸鱼都不够它吞的！

我真的是害怕极了，一点儿也不愿意往前，我甚至想要割断帆船的绳索，停止前进，可是叔叔不同意，我和他反抗着。

这时，汉斯突然站起来，指向那只可怕的怪兽。

"岛。"汉斯说。

"啊！原来是一座岛。"

"真的吗？"我不敢相信。

"哈哈哈！就是一座岛。"叔叔一边回答，一边大笑着

说。

"那水柱是怎么一回事?"

"喷泉!"汉斯答道。

"没错,是喷泉!"叔叔接着说,"就和冰岛的喷泉一样。"

一开始,我根本不相信我会犯这么可笑的错误,竟然会把小岛看成怪兽。可是后来,我不得不承认确实是我看错了。

随着我们的驶近,水柱变得格外高大。整个小岛就像一条巨大的鲸鱼,大大的脑袋伸出海面将近70英尺。这眼喷泉气势恢宏,雄伟地矗立在小岛的一端,不时发出沉闷的轰鸣。

巨大的水柱冲天而起,景色尤为壮观。落下的水珠晶莹剔透,丝丝缕缕,在光线的照射下,发出五颜六色的光芒。

"靠岸!"叔叔命令道。

不过我们必须要避开这些倾泻而下的水,否则,我们的木筏就会瞬间被打翻。不过这难不倒汉斯,他熟练地驾驶着木筏,稳稳地把我们送到了小岛的顶端。

我率先跳上了岩石,叔叔也紧跟着我上了岸,只有汉斯静静地坚守在他的岗位上,好像没有任何东西可以激起他的好奇心。

我和叔叔走在夹杂着硅质凝灰岩的花岗石上,脚下的大地好像蒸汽在锅内沸腾般颤抖着,烫得吓人。

离我们不远有一个凹陷下去的小盆地,水柱就是从这里喷出的。我把一根温度计放入翻滚着的水中,竟然高达325华氏度!

这就说明泉水是从温度极高的地方喷出来的,那么就证明地心热是存在的。和叔叔的理论完全相反。我忍不住向叔叔指

第十一章
航海日记（下）

出了这一点。

"怎么了？那又怎么样呢？"叔叔反驳道。

我看到叔叔还是这么倔强，便不想再和他争论，只好闷闷地说了一句："没什么。"

好吧，目前为止，温度的确没对我们的旅程造成什么影响。但是我相信总有一天我们到达的地方会超过温度的极限，让我们无法再向前。

叔叔用我的名字亨利为这个小岛命名，然后便叫我回到船上去。

我又看了一会儿喷泉，发现它的喷射很不规律，时强时弱。可能是地下水蒸气的压力造成的吧，我想。

我跟着叔叔回到了木筏上，我们绕过小岛南端的陡峭岩壁，又重新起程了。汉斯利用这次短暂的停顿，把木筏又重新整修了一番。

离开小岛之前，我把我们走过的路程都记在了本子上，并且把结果也记了下来。从克劳伊港到这里，我们在海上航行了675英里，现在我们是在英国的地下，距离冰岛已经1550英里了。

8月21日，星期五

今天，我们已经将那恢宏壮观的喷泉远远抛在了后面。风力还在加强，它推着我们迅速离开了以我名字命名的亨利岛。那隆隆的喷泉声也消失在了我们的耳边。

而此时的天气，已经发生了变化，空气中布满了带电的水蒸气，它们来自于海水的蒸发，感觉咸咸的。

层层乌云低低地压了下来，带着微微的橄榄绿色，就连这

里如此强烈的光线也穿透不了它们。

远处的云堆积起了一个个大大的棉花包，慢慢地聚集、膨胀。它们的体积越来越大，数量越来越少，阴阴地低垂着，最后干脆连成了一片。空气中一下子充满了水汽，把我浑身都打透了，头发竖直，好像被电了一样。

上午10点，暴风雨来临的征兆变得更加明显，风力在一点点减弱，好像是在悄悄积蓄着力量，时刻准备着卷土重来。我十分不愿意看到这一幕，忍不住说道："我们碰上该死的坏天气了！"

叔叔没有回应我，只是耸了耸肩。我觉得他的心情一定坏到了极点，沉默地望着眼前无边无际的大海。

"暴风雨就要来了！"我指着远方的地平线，"云层越来越低，快要把海平面压碎了！"

此时海上一片寂静，风停了。世间万物好像都停止了呼吸，死寂一片。船帆也耷拉了下来，贴在桅杆上。木筏一动不动，就这么浮在海面上，不再前进。

既然这样，我们还要船帆有什么用呢？一旦暴风雨袭来，巨大的风浪一下子把帆鼓起，我们会直接被掀进海里的！

"把帆降下来吧！"我说，"把桅杆也放下！这样更加安全。"

"不行！"叔叔叫道，"绝对不行！就让大风袭击我们，让暴雨抽打我们吧！我宁愿木筏被撞得粉身碎骨，也要看到岸边的岩石！"

叔叔一定是疯了！话刚说完，南边的海平面突然间发生了变化。片片乌云化成了大雨，空气在剧烈地流动着，海面上顿时风雨大作。

第十一章
航海日记（下）

天更加黑了，我想要在本子上记些什么都没有了机会。

木筏瞬间被掀了起来，向前翻去。叔叔一下子摔倒了，我连忙爬到他身边。

叔叔紧紧地拽住一根绳索，却还颇有兴致地欣赏着眼前的狂风暴雨。

而汉斯依然纹丝不动，风雨没有影响他半分，长长的头发被刮到他那没有表情的脸上，每根头发都在闪闪发光，样子怪异极了，像一个远古人。

桅杆挺立着，船帆被吹得鼓鼓的，像是一个马上就要胀破的气泡。木筏飞一般前进着，根本无法估算它的速度，可就算是这样，木筏的速度也没有雨点下落的速度快，雨滴直接连成了一条线，形成一道巨大的水帘。

"帆！帆！"我大声喊道，用手势示意把帆降下来。

"不！"叔叔阻止我。

"不。"汉斯摇了摇头，和叔叔说的一样。

我们发疯似的向对岸冲过去，那暴雨已经变成了一条大瀑布，挡在我们前面。

乌云被撕裂开来，大海不断地翻腾着，轰隆隆的闪电夹着电光，发出震耳欲聋的雷声，周围的水汽变得十分炽热，不知道从哪里冒出来的冰雹，一颗颗砸在我们的工具和武器上，发出点点火星。

海浪一波一波地高高掀起，像一座座孕育着大火的山峰，随时准备喷射火焰。

光线强烈刺目，雷声隆隆贯耳。我只能紧紧地抱着桅杆，防止被吹跑，而猛烈的大风竟然把桅杆压弯了腰，这让我瑟瑟发抖。

（我的日记在这里变得很不完整，只能找到一些简单粗略的观察记录，虽然它们不连贯，却反映出了我当时紧张的心情，更加真实地描绘出了我的感受。）

8月23日，星期日

这到底是哪里啊？我们一直被狂风吹着，木筏的速度快得无法想象。整整一夜，真的是恐怖极了，狂风暴雨，天雷滚滚，我们的耳膜被震得出了血，互相连句话都说不上。

闪电还在继续，我看到它们一道一道地划破天际，打在地面上又飞快地弹回去，来回轰击着花岗岩穹顶。我真担心万一它塌下来该怎么办。

有时候，这些闪电交错在一起，撞击出一个个大火球，然后爆炸，就像一颗颗炸弹一样。但是经过昨天一整晚雷声的轰炸，我们的耳朵已经麻木了，也没有觉得此时的爆炸声有多震耳。

电光仍然在乌云间闪烁着，不断释放着电能，空气的气体性质显然已经改变了。无数条水柱冲向天空，然后落下，激起一片水花。

我们到底在往哪里去？叔叔僵直地躺在木筏上，也不说话。

气温越来越高。我看了看温度计，正指着——数字已经模糊到看不清了。

8月24日，星期一

暴风雨竟然还没有结束！可怕的空气还能恢复成原先的样子吗？

第十一章
航海日记（下）

我和叔叔早就已经筋疲力尽了，只有汉斯还如往常一样。木筏继续朝着东南方向急速驶去。

到了中午，风暴变本加厉。有好几次我们都差点儿落水，所以我们必须把所有器具都牢牢地绑在木筏上，也包括我们自己，防止被风浪掀下木筏。

整整三天三夜，我们被折磨得只能张开嘴，却发不出一点儿声音。

叔叔向我挪过来，嘴一张一合。看样子，感觉像是在说："我们完了！"但是我知道叔叔不会再说这样的话的。

我用手比画着，把帆降下来吧！叔叔终于同意了，点了点头。

可是我还没来得及做出反应，一个火球突然砸在我们的木筏旁边，桅杆和船帆瞬间就被炸飞了。我看到它们飞得很高，一下子就消失不见了。

我们都惊呆了，一个个脸色苍白。这团半蓝半白的火球直径达10英寸，像一个巨大的炸弹，在暴风雨的抽打下急速旋转，到处移动。

哦！天啊！它向我们冲过来了，它爬上了木筏，在我们的食物上弹了一下，又擦过我们的火药箱。简直太恐怖了！我们要被炸上天了吗？

不，炫目的火球离开了火药箱，又朝着汉斯飞过去，汉斯一动不动，只用眼睛盯着它，火球从汉斯的身边落下，接着跳向了叔叔，叔叔连忙躲开。

最后，火球径直地朝着我砸过来，刺目的强光和灼热的温度让我恐惧万分。

它在我的脚下来回地扫过，我想要把脚收回来，可是我浑

身僵硬,我的脚好像被钉在了木筏上,怎么也动弹不得。

啊!这个带电的火球所到之处,将木筏上的铁钉全部熔化,火球正旋转着,要把我的脚吞噬了,我一用力,终于把脚收了回来,实在太可怕了……

强光太刺眼了!火球爆炸了!火星溅了我们一身!

随着火球爆炸,周围的一切一下子就暗了下来。叔叔再次躺在了木筏上,汉斯仍然掌着舵,他浑身带电,像是一直在喷火。

我不禁又一次茫然地问道:"我们这是在哪儿?要往哪儿去啊?"

远处又有一个声音传来,我敢肯定,这是海水拍击岩石的声音,可是……

第十二章 回到克劳伊港

面对这样一个史前时代的人,我害怕得说不出话来,感觉舌头都在打结。一向喜欢滔滔不绝的叔叔此时也目瞪口呆。

我和叔叔把这具人体扶起来,让他站立着,他的眼睛深深陷在眼眶里,一直盯着我们。我按了按他的胸膛,里面传出空洞的声音。

　　我的航海日记到这里就结束了。因为我们的木筏失事了，幸好我的日记本被抢救了回来，让我还能留下之前的航行记录。

　　当时，我们的木筏撞上了岸边的礁石，我不记得发生了什么事，只知道自己应该是掉入了水中。

　　而我后来没有被淹死，也没受什么严重的伤，这一切我要再一次感谢汉斯，依然是他那坚实强壮的臂膀把我从鬼门关拉了回来。

　　汉斯把我带到了海水无法冲到的沙滩上，沙子滚烫，叔叔也在那里，我们并排躺在上面。

　　然后，汉斯又走了回去，想要找回我们的木筏和上面的一些漂浮物。我受到了很大的惊吓，又满心疲惫，连句话都说不出来。一时半会儿是缓不过来了。

　　大雨没停，依旧倾泻着，不过它快要结束了。我们在几块重叠的岩石下躲避着大雨，汉斯为我们准备了一些食物，可我一点儿胃口也没有，什么也没吃，三天三夜没有合眼，大家都疲惫极了，很快就带着满身伤睡着了。

　　第二天，雨终于停了，天气格外晴朗。天空湛蓝一片，大海像是和天空约好了一样，变得十分平静。仿佛之前一切的狂风暴雨都没有发生过一样。

　　当我醒来时，叔叔正用欢快的语气和我打着招呼："孩

第十二章
回到克劳伊港

子，睡得好吗？"

这一刻，我简直以为自己是在科尼斯街的家中，我正在下楼准备吃早饭。

真是可惜！这见鬼的大风为什么不往东边吹呢？那样的话我们就会到达德国汉堡城的地下，我只要短短地再走上100英里，就能回到温暖的家中，那该多好啊！

可是，这短短的100英里，却隔着厚厚的地壳，想要从地下出来，还要足足绕上上千里路才行！

回应叔叔的问候之前，我的脑海里首先闪过了这些痛苦的念头。

"亨利？"叔叔又问道，"你睡得不好吗？"

我回过神来："哦，叔叔，我睡得很好，还是有点儿累，不过没关系。"

"看到你没什么问题真是太好了！"

"叔叔，为什么您今天看起来这么高兴呢？"

"是啊，孩子！我非常高兴，因为我们到了！"

"到地心了？"

"不，是终于穿过这片大海了，我们到达了陆地，又可以继续向地心出发了！"

"可是，叔叔，我能提个问题吗？"

"说吧。"

"我们要怎么回去呢？"

"回去？我们还没到终点，你就想着要回去？你这是什么问题！"

"不是的，我只是想问我们该怎么回去。"

"这不是什么难事。等到达地心后，我们要么就能找到一

条新的路返回地面,要么就原路返回。"

"那我们一定要把木筏修好。"

"当然了。"

"可是,我们还有吃的维持体力吗?它们都掉到海里了。"

"一定有的。汉斯是个非常能干的人,他一定能把我们的食物大部分都抢救上来的。我们去看看吧!"

我们从避雨的岩石下走了出去。我既满怀希望,又有些惶恐不安。我觉得我们在靠岸的时候,那猛烈的撞击一定把我们的东西全都丢进海里了,怎么可能留下来呢?

可是当我看到,汉斯正在一大堆物品中间井井有条地整理时,我知道,我又一次想错了。

叔叔上前无比感谢地和汉斯握手。世界上恐怕再也找不到第二个像汉斯这样的人了——无比忠诚,强壮勇敢,冷静细心。在我们睡觉的时候,他一直都在工作,冒着生命危险把我们的物品一一找了回来。我心里感慨万千。

不过,也不是所有东西都安然无恙,比如我们的武器,就全部丢失了,但其实武器对我们来说也没有什么用处。火药箱虽然在火球砸下来的时候差点儿爆炸,却是有惊无险,完好地保存了下来。

"好吧,"叔叔有些遗憾武器丢失的事情,"没有枪,我们就不能打猎了。"

"不过,我们的仪器怎么样了?"显然叔叔更担心仪器的安危。

"这个是流体气压计,它可是我们最重要的物品。有了它,我就能够计算出我们所在的深度,才能知道我们何时抵达

第十二章
回到克劳伊港

地心。我宁可失去其他所有的东西也不愿意失去它，否则，我们很有可能会走过头，然后从地球的另一端出来。看！它还在！"

"那罗盘呢？"

"在这儿呢！它在岩石上，完好无损，还有计时器和温度计，都在呢！汉斯可真了不起啊！"

所以，我们的仪器一样也没有丢。而我们的工具，像是梯子、绳索、铁镐等全部凌乱地散落在沙滩上。

对我而言，食物才是最大的问题，我连忙问道："那我们的吃的呢？"

"我们看看吧！"叔叔回答。

装有食物的箱子整齐地排列着，保存得很好。大部分食物都没有被海水浸泡过，我们剩下的饼干、腌肉、鱼干，还有杜松子酒还足够我们吃上四个月。

"四个月！"叔叔高兴地喊道，"足够我们走上个来回啦！这些食物可以让我办一场盛大的宴会，用来招待我在约翰大学的同事们！"

叔叔的话总是让我感到惊奇。

"现在，我们要把花岗岩石洼里的水全部积攒起来，这样就不用担心以后会口渴了。木筏的话，我会让汉斯尽快把它修好的，虽然我们以后不一定能用上它了。"

"为什么用不上了？"

"我觉得我们不会从原路返回了，孩子。"

我怀疑地看着叔叔，觉得叔叔的精神可能出了问题。可看着他的表情和语气，我也没看出什么反常。

"吃早饭吧！"叔叔又说。

我跟着叔叔来到一个高高的岬角上,那里准备着我们的早餐,有干肉、饼干和茶,看起来非常丰盛。

经过之前的风吹雨打,惊心动魄,现在是难得的惬意时光,我顿时觉得饿极了。我狼吞虎咽地吃着,我想这是我有生以来吃过的最美味的早餐了!

吃饭的时候,我想知道我们现在在哪里。

"想知道我们的位置太难了。"我对叔叔说。

"是啊,想要精确地计算的确很难,"叔叔说,"在暴风雨袭击的三天里,我根本无法记录我们所处的方向和前进的速度。不过,我们可以大致地估算一下。"

"我们最后一次定位方向,是在那座有喷泉的小岛上。"

"是亨利岛,孩子,它已经用你的名字命名了,这是你的荣誉。"

"好吧,我们到达亨利岛的时候,已经航行了700英里,距离冰岛大约1500英里。"

"好的。那我们就以亨利岛为起点,暴雨下了4天,我们行驶的速度非常快。我想每天走过的路程应该不会低于200英里。"

"说得对,那么我们要加上800英里。"

"所以,这片海峡两岸相距大约有1500英里!亨利,你知道吗?它的面积和地中海差不多大!"

"这是完全有可能的!"

"不过奇怪的是,"我接着说,"如果我们计算正确的话,地中海现在应该就在我们的头顶上。"

"是吗?"

"对啊,因为我们已经离雷克雅未克2250英里了!"

第十二章
回到克劳伊港

"我们竟然走了这么长的距离了！但是，不管我们头上是地中海，还是土耳其，或者是大西洋都无关紧要，关键是我们不要偏离方向才行。"

"应该不会偏离，风向一直都没有发生改变，我们正处在克劳伊港的东南方。"

"这个很容易确定，让我们看一看罗盘就知道了。"

说完，叔叔便转过身向汉斯走去，那里摆放着我们所有的仪器。叔叔搓着双手，脚步轻松，看起来十分愉快，有点儿像个孩子。我也走在他身后，想看看我的推断是否正确。

叔叔走到岩石边，拿起罗盘看了起来。他看了一会儿，眼神有些纠结。最后，他站起身来，回过头看着我，脸上写满了惊讶与茫然。

这是怎么了？我走过去看了一下罗盘，不禁惊叫出声。指针指的竟然是北方，而不是南方！它指着海岸，而不是大海的方向！

我又摇了摇罗盘，仔细将它检查了一番，没有任何问题。无论我如何拨弄指针，它最后总是回到那让人意想不到的方向。

也就是说，我们在经历暴风雨的那几天，风向发生了变化，可我们却浑然不知，叔叔以为我们是到达了对岸，可事实上，风却把我们又送了回来！

我不知道怎么形容叔叔情绪的一系列变化，短短几分钟的时间里，他先是轻松愉悦，然后变得惊讶、疑惑，最后转为愤怒。我从来没见过叔叔这个样子。难道我们又要重新开始吗？

不过，叔叔在短暂的沉默之后，又很快振作了起来。

"命运竟然和我开这样的玩笑！"叔叔的语气充满怒火，

"一切都要和我作对吗？空气、水、火全都阻碍我前进。好啊！那我就让你们看看我的决心，我绝对不会放弃的！看看谁能笑到最后！"

叔叔站在岩石上，满脸怒气，面目简直可以用狰狞来形容，让人看着害怕。可是，我一定要阻止叔叔这种失去理智的行为。

"叔叔，您听我说！"我的语气充满坚定，"人的力量是有限的，我们为什么要去做注定失败的事情呢？我们的装备太差了，就凭几根绑在一起的树干、木棒做成的桅杆和一块破布船帆，我们根本不可能顶着狂风横渡1200多英里的航程！我们就像是暴风雨的玩物，连控制木筏都做不到，怎么可能渡海呢！"

我苦口婆心地连续讲了十多分钟，列出种种强大的理由。可是叔叔却像是没听到我的话一样，没有表情，也不出声。等到我说累了，叔叔终于抬起头来。

"上木筏！"叔叔开口。

什么？我费尽心力的规劝就换来了这样的三个字？无论我是恳求还是生气都没有用，叔叔决心已定，我注定只能跟着他撞个头破血流。

汉斯刚刚完成了木筏的修理工作。他好像早就知道了叔叔的意图，已经重新竖起了桅杆，又挂上了船帆。

叔叔对着汉斯说了几句话，汉斯便开始立刻往木筏上搬东西，做着出发的准备。天气晴朗，可西北风持续地刮着。

我还能做什么呢？我还有反抗的余地吗？不可能了，如果汉斯能站在我这边，我还有反转的可能。

但是他没有！汉斯太忠诚了，只要叔叔说出的话，他都会

第十二章
回到克劳伊港

绝对服从。而我,只能跟着往前走了。

我无可奈何地迈开腿,准备登上木筏。叔叔却突然拦住了我。

"我们明天再走。"他说。

我当然绝对服从。

"我们不能如此匆忙,我们既然来到了这里,就要好好做一番调查再离开。"

我们虽然被风吹了回来,却不是回到和原来一模一样的地方,是更靠北一些,而我们离开的地方在西边。

"好吧,那我们就开始吧。"我说。

汉斯留下来继续干活,我和叔叔就出发了。

海岸与悬崖之间还有一段距离,我们要走上半个小时才能到达。在我们脚边散落着许多形状各异、大小不一的贝壳,里面曾经生活着古老的生物。

这里还有许多大甲壳,直径能达到15英尺,是上新世时期的雕齿兽留下的。这是一种古老的生物,它们体形庞大,现代的海龟和它们比起来,就像是一个微缩模型。除了这些,海滩上还有大量的鹅卵石,被海浪冲刷得圆圆的,在岸边排成一条条直线。

此时,我们正走在沉积地层上,与那一时期所有的地层一样,是在海水的冲刷下形成的,这种地层分布十分广泛。叔叔仔细观察着岩石上的每一条缝隙,每当他看到一个裂口,都要认真地测量一下它的深度。

我们沿着海岸走了大约1英里,这时候我发现周围的地貌突然发生了改变,因为地层的剧烈运动而变得扭曲了,有许多凹陷和突起的地方,证明这里曾经发生过大规模的地层断裂。

在混杂着碎石、裂缝和一些沉积物的地面上，我们走得十分艰难。

这时候，我们眼前出现了一片堆满了动物化石的空地，这里如同一个巨大的坟场，层层叠叠地堆积着几千万年来动物的骸骨。

我和叔叔十分好奇，立刻走了过去。脚底踩着这些珍贵的史前动物骨骼化石，发出咔嚓咔嚓的断裂声。

这些化石碎片非常有价值，如果放在今天，一定会被放进博物馆里好好珍藏起来。

我被眼前的一切惊呆了。叔叔在那里站了好一会儿，然后见他高高地举起了手臂，好像是在拥抱这片天空，他张着嘴，厚厚的镜片下闪烁着光芒，头不停地摇晃着。

对叔叔来说，他眼前是一片无价之宝：凌齿兽、奇蹄兽、偶蹄兽、短角兽、大懒兽、乳齿象、原猴、翼手龙，这么多珍贵的原始动物化石堆积在一起，让叔叔异常兴奋。

叔叔就这样站着，他一定是被这些突如其来的宝贝惊呆了。

可是更加让人激动万分的事情还在后面。当叔叔回过神来，穿梭在这片宝藏中时，他突然露出了极其震惊的表情，我听到他用颤抖的声音叫着："快看，亨利，这里居然有一个人类化石！"

"什么！人类化石？"我更加惊讶了。

爱德华和布雷奥都是法国杰出的科学家，今年3月，考古学家佩尔特先生正在法国索姆省阿伯维尔附近的基涅翁矿场指挥工人进行挖掘工作，他在地下14英尺深的地方，发现了一块人类的颚骨。

第十二章
回到克劳伊港

　　这是人类发现的第一块古人类化石。他还在附近找到了许多石斧和经过人工打磨的燧石，这些燧石由于在地下埋了太长时间，表面都生了一层薄薄的锈。

　　这一发现不仅轰动了全法国，还在英国和德国掀起了风暴。法兰西科学院的许多院士都对此高度关注，爱德华先生和布雷奥先生就是其中的两位。

　　他们都认为这块古人类颚骨是真实的，所以成为了"颚骨案"最忠实的支持者。

　　在英国和德国同样也有不少积极热情的拥护者，我叔叔就是其中的一个。所以，叔叔此时的快乐与兴奋是完全可以理解的。

　　叔叔又向前走了二十来步，此时他一定更加开心，因为他还发现了一个260万年前的完整标本。

　　这绝对是一具人的化石，因为一下子就能够辨认出来。这个人体保存得十分完好，如果不仔细看的话，还真以为是一个大活人躺在面前呢！

　　面对这样一个史前时代的人，我害怕得说不出话来，感觉舌头都在打结。一向喜欢滔滔不绝的叔叔此时也目瞪口呆。

　　我和叔叔把这具人体扶起来，让他站立着，他的眼睛深深陷在眼眶里，一直盯着我们。我按了按他的胸膛，里面传出空洞的声音。

　　静默了一阵之后，叔叔还是没有忍住，变回了那个说个不停的他，开始侃侃而谈起来。

　　叔叔表情严肃，他大概是忘记了我们此时还在探险中，以为自己是在给学生讲课呢！

　　"大家好！"他说，"在这里，我非常荣幸地向你们介绍

一位来自260万年前的人。

"许多著名的学者曾经否认他的存在,也有许多学者认为他是真实存在的。可是那些持否定态度的人,如果你们此时在场,一定要用双手亲自去摸摸他,这样你们就会明白自己的错误了。

"我知道,科学对这方面的发现一直小心谨慎地对待,我也知道有许多江湖骗子会利用古人类发财。我曾经听说过阿贾克斯髌骨的故事,还听说过斯巴达人发现奥列斯特化石的传说。除了这些,我还完整阅读过在14世纪被发现的特拉帕尼骨骼的报告,了解过16世纪在帕雷姆附近出土的巨人的历史过程。

"在座的各位一定和我一样,不会不知道人们曾在1577年的卢塞恩附近对一些巨大骨骼做了分析,著名医生菲利克斯称,这些巨骨高达19英尺。如果我生活在18世纪,我一定会推翻那些认为人类不存在于远古时期的说法。我曾经有过一本名为巨……一本名为巨……"哈哈!叔叔一着急,结巴的毛病又犯了。

"一本名为巨……"叔叔还是没有说出来。如果现在是在纽约大学,下面的学生一定会哈哈大笑起来的!

"巨人论!"叔叔可算说出来了,叔叔毫不在意地继续讲。"这一切我都了解。现在,我们面前就是这具化石,他看得见,摸得着,就在眼前,你们还有什么可怀疑的呢?

"如果还要产生质疑,那简直是对科学的亵渎!这并不是一副骨架,而是一个完完整整的人体!它之所以能够完好地保存到今天,就是为了让人类科学家研究的!"

虽然我很想去反驳,但是我并没有打断叔叔的演讲。

第十二章
回到克劳伊港

"如果我们用硫酸溶液把它清洗一下。就可以把它身上的灰尘和发光的贝壳洗去。可惜现在我没有这些溶液。不过这样也好,它保持现状,能够更好地向我们讲述它自己的故事。"

说到这里,叔叔开始摆弄着这具古人类化石,以便更好地配合他讲话。

"大家请看!"叔叔接着说,"他的身长不足6英尺,一点儿也不算是个巨人。他的种族,毫无疑问,是高加索人。

"他和我们一样都是白种人。他的颅骨是规则的椭圆形,颧骨和颚骨并不突出,没有什么颌骨突出的特征。我们来测量一下他的面角,几乎是呈90度。

"如果再做进一步的推理,我敢肯定,这个人体标本属于印欧族,分布在从印度到西欧的广大地区。请大家别笑!"

事实上根本就没有人笑,估计是叔叔已经习惯了人们在听他演讲时露出笑容吧。

"是的,"叔叔神采飞扬,"这就是一具古人类化石,与乳齿象生活在一个时代。一具乳齿象的骨架可以占满整个阶梯教室。

"可是,我说不出这具人类的化石是如何出现在这里的,埋葬它的地层是怎样滑落到这个巨大的地洞里去的。也许是在260万年前,地壳运动仍然十分频繁,所以导致表面的一部分地层滑落到了地下。

"我不能确定这种想法,不过,这里的确有人类居住过,周围还有他们留下的手工制品,包括斧子和打磨过的燧石等,这些东西都来源于石器时代。除非这个人和我一样,是来探险的现代人,否则,他一定是来自远古时期的人类!"

叔叔的演讲结束了,我由衷地向他鼓起掌来。他的话确实

　　有道理，并且，在这层层叠叠的远古化石中，每走上几步，就能够发现一些人类化石，叔叔完全可以挑选其中一个，做成珍贵的标本，来说服那些持怀疑态度的人。

　　其实，这些人和动物的化石杂乱无章地堆满了这片巨大的平原，看起来十分触目惊心。只是我们还有一点弄不明白，那就是这些动物到底是在死亡之后由于地震而陷落到这片海岸上来的，还是它们原本就生活在这个地下世界呢？

　　我们之前遇到的所有海兽和鱼类可全都是活生生的！那么，在这片荒凉的海滩上，会不会出现地心人呢？

第十三章 地心巨人

叔叔压低了声音对我说,"你看那儿,那儿好像有一个活人!"

活人?这怎么可能?我抬头望过去,这竟然是真的!大约在四分之一英里外,有一个人正倚在一棵高大的杉树上,看守着这群巨象。

在好奇心的强烈驱使下,我们又走了半个小时,这个巨大的洞穴中,还会不会藏着更加惊人的秘密呢?

我们向前走着,海岸逐渐消失在这一大片化石平原的后面,大胆的叔叔根本不担心我们会迷路,风风火火地拉着我朝远处走去。

我们静静地走着,沐浴在电光中,不知为什么,电光照射得非常充分,将山与岩石的各个侧面全都照亮了,光源似乎没有聚集在一点,所以地面上没有任何物体的影子。

在这种特殊光束的照射下,岩石、远山,还有模糊的森林都变得非常奇怪,我们也一样,成为了霍夫曼笔下的没有影子的人。

大约走了1英里之后,我们来到了一大片森林前面,这片森林不同于之前看到的蘑菇林,而是神奇珍贵的几千万年前的野生植物群。

有已经灭绝的巨大棕树、美丽的掌叶树,还有水杉、紫杉、柏树、松柏……所有植物好像被一张密密的网连在一起。地上长满了厚厚的苔藓和柔软的地衣。几条小溪在树下潺潺流过,溪边一些小灌木丛静静地挺立着。

这一切看上去都和地球上的森林没什么两样,如果说有什么问题,那就是缺乏色彩。

由于一直受到没有变化的光源照射,导致这些植物的颜色

第十三章
地心巨人

单一,毫无生机,呈淡淡的褐色。花朵开得很多,但是既没有色彩缤纷,又没有芳香四溢,就像是用漂白过的纸做成的。

叔叔竟然冒险走进这片森林里,我紧紧地跟着他,心中不由得有些担心。大自然既然创造了这么好的生态环境,让这里的植物生长得如此茂盛,那么我们会不会碰上一些凶恶可怕的野兽呢?

在这片森林中,我发现了一片空地,是由于一些枯木倒在地上而形成的。我在那里还发现了一些豆类植物、枫树和一些动物可以吃的灌木。

继续向前走,我又看见了许多生长在一起的树木,比如棕榈树旁边生长着橡树,大洋洲的加利树和高大的挪威松树依偎在一起,白杨和杉树相互缠绕……

我想,在这里,即使是世界上最伟大的植物分类学家也会手足无措。

突然,我停了下来,拉住叔叔不让他再继续向前走。

借着这里特殊的光线,我可以看清树林深处的任何细微的东西。我好像看见……

哦,不!我确实真正看见了许多庞然大物在树下来回走动着!它们是乳齿象,不是化石,而是活生生的动物!

我看见它们长长的鼻子卷在树上,将树枝拨弄得东倒西歪,然后树枝被折断,树叶被一团团地撕下来,卷进象嘴里。

我想起了我之前做过的梦,那个史前动物进化的梦,而现在,这些都要成为现实了吗?

我们如此微小,力量单薄,如果碰到如此凶残的动物,我们的生命恐怕就只能够任其宰割了!

叔叔被我拉住,也停下了脚步,眼中满是惊讶。

"走！"一瞬间的晃神后，叔叔突然对我说，"再近一点儿！"

"不！"我大声叫道，"我们没有任何武器，去的话只能是送死！不，回来！叔叔，我求您了！"

"你错了，亨利！"叔叔压低了声音对我说，"你看那儿，那儿好像有一个活人！"

活人？这怎么可能？我抬头望过去，这竟然是真的！大约在四分之一英里外，有一个人正倚在一棵高大的杉树上，看守着这群巨象。

他本身也是一个巨人，和我们之前看到的那种远古人完全不同，这个人身高至少有12英尺，像牛头一样大的脑袋上顶着一头蓬乱的头发，那头发看上去就与原始时期大象的鬃毛一样。他的手中挥舞着一根粗壮的树枝，那应该是这位史前牧羊人的木鞭吧！

我和叔叔呆呆地站在那儿，心中惊讶万分。我心想，一定不要让它们看到，不然就完蛋了！我们得赶紧逃跑。

"快，叔叔！回去！"我用力抓住叔叔的手，将他往回拖。叔叔第一次显得这么顺从，被我拖走了。

一刻钟之后，我们逃离了那个可怕的地方。

这件事情非常不可思议，几个月后，当我冷静下来时，再次回想起了当时的情景，这到底是怎么一回事呢？

那群巨象的看守者真的是人吗？应该是不可能的，一定是在当时的那种环境下，我们的眼睛和耳朵欺骗了自己，产生了某种幻觉。一个人怎么可能在地层之下生活，而不与地面上的人进行交流呢？

那一定是一种与人类结构十分相似的动物，比如说猿猴之

第十三章
地心巨人

类的。就算不是猴子,也绝对不会是人!

我们在极其恐慌的状态下逃离了这片明亮却死寂的森林,像两个傻子一样,本能地朝着海岸跑去,我们只顾跑着,根本无暇顾及周围的事物。

虽然我明白,我们此时脚下的土地又是一片我们从未到达过的地方。

我眼前所见到的岩石和克劳伊港是如此相似,这说明罗盘并没有出错,我们的确是回到了大海的北面。

周围的景色有时让我分不清楚,这里同样有上百条小溪和瀑布从突起的岩石上倾泻而下,我好像又看到了汉斯小溪和我醒来的那个洞穴。

可是当我再向前走上几步,却又发现了一些之前从未见过的景色,一条新出现的小河,奇怪陡峭的悬崖,形状新奇的岩石……这些又让我变得不太确定。

我把我的疑惑告诉了叔叔。叔叔表示他也有同样的感觉,在这片一成不变的景色之中,叔叔同样感到不解。

"显然,我们没有被吹回原先的岸边,暴风雨将我们带到了更北一些的地方,不过,如果我们沿着海岸线走,我们就一定能回到克劳伊港。"我对叔叔说。

"那如果这样的话,"叔叔回答我,"我们就没有必要回到原来的地方,我们还不如直接登上木筏重新出发。不过,亨利。你可别弄错了。"

"其实我也不敢肯定,"我一边说着一边观察着周围,"所有的岩石都很像,而且我认为,这个海湾就是上次汉斯造木筏的地方。即使港口不在这里,也离这里没有多远。"

"不对。如果真是这样,那我们至少可以看到自己曾经留

下的足迹，可是这里什么都没有。"

"我看见了！"我的眼睛看到了一个闪亮的东西，我连忙跑过去。

"在哪儿？"

"这儿呢！就是这个！"我一边说着一边捡起了一把带有锈迹的匕首，这就是刚刚我看到的发光物体。

"嗯，"叔叔回答，"亨利，这是你随身携带着的？"

"不，这不是您的吗？"

"不可能！我从来就没带过这种东西。"

"那就奇怪了。"

"并不奇怪，这种匕首是冰岛人经常使用的，应该是汉斯带的。"叔叔说。

我摇了摇头，表示不赞同，因为我从来都没有见过汉斯使用过这把匕首。

"那会不会是远古时期某个士兵的武器呢？"我猜测着，"或者是一个活人？就和我们刚刚见到的那个巨人一样。不不不，也不是，这不是石器时代的工具，也不是青铜器时代的，这把匕首是用钢做的……"

"别瞎想了！"叔叔突然打断了我的思路，"这把匕首就是16世纪的，是一把名副其实的短剑，并且是贵族们佩在腰间，用来进行决斗的。它不是你的，不是我的，也不是汉斯的。"

"可是您为什么这样确定呢？"

"你看，匕首上有这么多的缺口，一点儿也不锋利了，无法再用来决斗。而且这上面的铁锈也不是一天两天就能形成的。"

第十三章
地心巨人

叔叔一下子又兴奋起来，完全沉浸在了他自己的思维中。我刚要说些什么，叔叔却一下子制止了我。

"我们马上就会有重大的发现的！这把匕首不会无缘无故到这里来的，这一定是之前来过的人留下的！"

"这个人究竟是谁呢？"

"这把匕首上的缺口是和岩石碰撞形成的，这个人一定用这把匕首刻下了自己的名字。他再一次为我们指明地心的方向。快让我们找找看！"叔叔兴奋不已。

于是，我们兴致勃勃地沿着高高的石壁寻找，检查着每一条缝隙，因为任何一条缝隙都有可能成为通往地心的道路。

就这样，我们最后来到海岸线最为狭窄的地方。这里的岩壁又高又陡，海水几乎漫到岩壁脚下，只留出不到7英尺宽的一条通道。在两块突出的岩石中间，我们发现了一个黑暗的洞口。

就在这里，其中的一块花岗岩石板上，出现了两个模糊的字母。这一定就是那位勇敢的探险者的名字首字母！

˙ᛐ˙ᛐ˙

"A.S.！"叔叔高兴地叫了起来，"我说得对，是阿尔纳·萨克塞姆！还是他！"

在这次探险中，我们经历了许多不可思议的事情，我早就习惯了面对各种神奇的事物。

可是，当看到早在300年前就刻在这里的字母时，我还是再一次惊呆了。

我的手中还拿着当初他用来刻字的匕首,这些都向我证明了这位探险家真实存在,这次探险之旅在之前真的发生过。我没有任何理由再去怀疑。

正当各种思绪涌上我心头的时候,叔叔一直盯着这两个字母,变得异常激动,不停地自言自语:"您真是一位伟大的天才!"叔叔发自内心地赞叹着。

"您从未忘记为后人指明道路,让与您志同道合的后人,在这深深的地下看到您300年前留下的足迹。您的名字总是在至关重要的时刻出现,将我们顺利地引到正确的道路上。

"今天,我也要效仿您,把自己的名字刻在这里。为纪念您的伟大贡献,请允许我把刚刚发现的这片岬角以您的名字命名。从今以后,它就叫作阿尔纳岬角!"

叔叔的一番话深深把我打动了,我心中一下子变得激情澎湃,将旅行中所遇到过的危险,还有未来返程的风险都抛在了脑后。

为什么前人能够做到的事情,我却做不到呢?我暗暗发誓,一定不会再被任何困难打倒!

"出发!出发!"我激动地喊道。

我边喊边朝着黑暗的通道中跑去。可平时一向性急冲动的叔叔这次却拦住了我,他告诉我要耐心,要冷静。

我有些扫兴,但是又不得不听从叔叔的命令,慢慢从通道旁退了回来。

"我们得先回到汉斯那里去,找一个适合登陆的地方,把行李都运到洞口,这样我们才能进去,明白吗?"叔叔拉着我开始往回走。

"叔叔,您知道吗?"我边走边说,"到目前为止,我们

第十三章
地心巨人

都一直受到老天的眷顾。"

"是吗?"叔叔笑道。

"是啊!太奇怪了,就连暴风雨都在帮助我们,如果我们在渡海时,天气一直晴朗,真的抵达了大海的南岸,那现在我们就看不到这两个关键的字母了。只会像只无头苍蝇一样,在海岸上乱闯,永远找不到出路!"

"你说得对,亨利。我们当初确实是在向南行驶,却回到了海岸的北面,更加值得高兴的是,我们还找到了阿尔纳岬角。我真不知该如何解释这样的巧合。"

"这没什么!我们只要好好利用这些机会就对了!"

"没错,孩子。可是……"

"可是我们还在继续向北走,从北欧的一些地区,比如瑞典和西伯利亚等地区下面穿过。"

"是的。我们就要离开这片海洋,继续向下前进,你知道吗?只要再走上2000英里,我们就能够到达地心了!"

"2000英里根本不算什么!"现在的我斗志昂扬,"咱们走,就一直往下走!"

找到汉斯的时候,我和叔叔还在进行着有一搭没一搭的对话。汉斯已经把我们临行前的准备工作都完成了,所有的行李全都井井有条地放上了木筏。

我们登上木筏,船帆缓缓地升起,依旧还是汉斯掌着舵,木筏沿着海岸朝阿尔纳岬角驶去。

风向并不是很顺,船帆吹不起来,所以我们不敢靠岸太近,许多地方我们还要借助铁镐前行。露出水面的礁石常常使我们不得不绕上一个大圈子才行。

终于,在航行了三个小时之后,我们找到了一处适宜上岸

的地方。

我第一个跳上去,叔叔和汉斯紧随在后。刚刚的航行不但没有使我的心情平静下来,反而让我更加着急了。

我甚至提出将木筏毁掉,不给自己留后路的提议,但是被叔叔否定了,我现在觉得叔叔的胆子变得小了起来。

"好吧,"我说,"但是我们不要耽误时间了,立刻出发吧!"

"是的,不过我们必须要检查一下这条通道,看看是否需要绳梯。"

叔叔说着把照明灯点亮。木筏被系在了岸边,通道的洞口离这里不到二十步路,我积极地走在最前面。

洞口几乎呈圆形,直径约有5英尺。通道内一片漆黑,四周全是裸露的岩石,并且有火山喷发留下的痕迹,这说明火山熔岩是从这里喷发出去的。洞口的下端与地面持平,所以我们毫不费力地就钻了进去。

我们沿着一条几乎水平的道路前进,可是还没走几步,一块巨大的岩石挡住了我们的去路。

"这该死的岩石!"我看到自己被它阻碍了脚步,愤怒地叫了起来。

我们只好四处寻找着其他通道,却一无所获,除了这里没有别的路了。

我很沮丧,一点儿也不愿意承认这个事实。我和汉斯将岩石边上上下下找了个遍,也没有发现一条缝隙。

我一屁股坐到地上,难道我们过不去了吗?叔叔在洞口内焦急地来回踱着脚步。

"可是阿尔纳是怎么过去的呢?"我大叫着。

第十三章
地心巨人

"是啊,"叔叔说,"难道阿尔纳也被这块岩石挡住了去路吗?"

"不,不会的!"我激动地说,"一定是某种巨大的震动,或者是地震产生的磁力现象才使这块岩石恰巧堵在了这里。从阿尔纳返回地面到这块岩石掉落,这中间一定隔了很长时间。

"很明显,这条道曾经就是火山岩浆喷发的通道。你们看,在花岗岩石壁的顶部有许多最近形成的缝隙,是因为许多巨大石块的重叠造成的。

"可是有一天,压力突然增大,这块岩石就一下子被推了下来,滚落到地上,恰巧挡住了通道。当初阿尔纳走到这里时,一定还没有发生这种情况,我们要想过去,就一定要把眼前的障碍清除掉!"

我说着说着也变得狂热了起来,一定是叔叔的性格感染了我。现在的我受到了冒险精神的鼓舞和激励,对未知的一切都毫不畏惧。

"那么,我们就用镐和铁锹凿出一条路来!"叔叔说。

"这块石头太大太硬了,铁锹根本就不管用。"

"那怎么办呢?"

"火棉!用火棉!我们把这个障碍直接炸掉!汉斯,动手!"叔叔激动地向他摆手。

汉斯回到木筏上,很快带回来了一把铁锹。我们需要挖一个洞当作炮眼。

这可不是一件轻松的事,这个炮眼必须放得下五十磅火棉才行。火棉的爆炸威力要比火药大上四倍。

我出奇地兴奋,在汉斯挖炮眼的时候,我积极地帮助叔叔

准备导火索。

导火索弄得很长,是湿火药放在帆布细管里制成的。

"我们这回一定能过去了!"我说。

因为现在只要一点儿火星,我们就能将岩石炸开。"等等,我们明天再引爆。"叔叔突然说。

我心里十分不情愿,可还是不得不再等上六个小时。

8月27日,这个日子令我终生难忘。每当我回想起这一天,我都心有余悸。从那天起,我们的理智与判断力都失去了作用,变成了大自然的掌中之物。

早上6点,我们起床,开始准备炸出一条通道。

我向叔叔要求,由我来引燃导火索。一旦引燃后,我立即返回木筏,然后尽快离开海岸,避免剧烈爆炸带来的危险。因为火药的威力巨大,很有可能波及通道外面。

据我们估计,从点火到引爆,引火线要燃烧十来分钟。所以,我会有充足的时间回到木筏上,并且驶离这片危险地带。

第十四章 打开前方通道

我们在炽热的熔岩流上漂浮不定,穿行在火山灰中,周围跳动的火苗将我们团团围住,一阵狂风吹起,把火焰吹得到处乱窜,我们就像是经历了一场火热的暴风雨。

我早就做好了点火的准备,心里不免有些激动和紧张。

大家匆匆吃过早饭,叔叔和汉斯就登上了木筏,我留在岸上,手中拿着一盏点燃的灯,用来引燃。

"去吧,孩子,"叔叔嘱咐我,"一定要赶快回来。"

我转身朝洞口走去,打开灯,拿起引线。

叔叔手里握着计时器。

"准备好了吗?"叔叔朝我喊道。

"准备好了!"

"点火!"

我迅速将引线放到灯上,引线一见到火就立即噼里啪啦地燃烧起来。我迅速向木筏跑去。

"快上来!"叔叔对我说,然后命令汉斯,"马上离开!"

汉斯用力一推,木筏就离开了海岸,一会儿就开出了100多英尺。

真是让人惊心动魄的时刻,叔叔的眼睛一动不动地盯着计时器。

"还有5分钟,"他轻轻说,"4分……3分……"

我的心怦怦直跳。

"还有2分钟……1分钟,炸吧!"

怎么回事?我怎么没有听到爆炸声?可是,我却发现眼前

第十四章
打开前方通道

岩石的形状发生了巨大的改变——它们就像帷幕一样慢慢向两边拉开了。

海岸边一下子出现了一个凹下去的大洞，而海水则像发疯了一般，掀起层层巨浪，疯狂地朝它涌去，我们的木筏被托在高高的浪尖上，几乎垂直立起。

我们三个人全都被掀翻了。一瞬间，天昏地暗，我感到自己失去了重心，我本以为木筏会直接沉入海底，可是没有。我想要开口说话，大声呼唤叔叔，可是浪太大了，叔叔根本就听不见。

尽管周围已经漆黑一片，大海的咆哮声震耳欲聋，我们惊慌失措。可是我依然清楚地记着刚刚到底发生了什么。

在被一下子炸飞了的岩石后面，出现了一个深渊，爆炸在地面有裂缝的地方造成了地震，导致地洞一下子裂开。海水就像滚滚的洪流，包裹着我们直直朝下面冲去。

此时，我脑子里只有一个想法，那就是——我们完了！

我不知道过了多长时间，也许是一个小时，也许是两个小时。我们紧紧地挽在一起，不能让任何一个人被甩出木筏。

每当木筏撞到周围的石壁，我们就会猛地一震，但是好在这种撞击发生的次数较少，所以我推断，这条通道并不狭窄。阿尔纳当初一定是沿着这条通道下去的，只不过我们由于粗心大意，把海水也一起带了下来。

这些思绪在我脑中模模糊糊地闪过，四周的浪潮和急速的坠落让我头晕目眩，我的头脑没有办法清晰地思考。

气流打在脸上，我觉得我们现在下降的速度甚至超过了火车，这种情况下，点燃火把是根本不可能的，况且，我们最后一盏照明灯也在刚刚被打碎了。我们要陷入黑暗中了！

突然，我发现附近出现了一道亮光，我非常惊讶。我看过去，那道光照亮了汉斯镇定的脸庞。

又是能干的汉斯，是他点亮的！虽然火光微弱，摇曳不定，却为我们在这可怕的黑暗中带来了一丝光明。

通道很宽，我的判断是正确的。可微弱的光亮不足以让我们看清岩壁。

我和叔叔紧紧地靠在桅杆上，惊恐地望着四周，桅杆早就折断了，我背对着风，以免被快速的气流吹得透不过气来。

时间在流逝，可情况却没有得到任何改善。并且，这时候又出现了一个意外，使我们变得更加艰难。

我想要整理一下我们的行李，但是转头一看，我们的大部分行李都不见了。一定是被海水冲掉了！还剩下什么了呢？

仪器中就只剩下了气压计和计时器，绳梯与绳索就只剩下绕在木筏上的这些了，铁镐、铁锹和锤子统统不见了踪影，最令人懊恼的是，我们所剩下的食物连一天都维持不了。

我把整只木筏找了个遍，仔细地检查每一根树枝和每一个接口，可是没有，什么都没有！我们的全部食物，就只有一块肉干和几块饼干。

我傻傻地看着眼前的一切，根本无法想象这会造成什么后果了。之前在我们的食物还够吃上几个月的时候，我担心无法逃出这个深渊。

可是现在，我们死的方法太多了，又何必担心我们会被饿死呢？也许，我们还来不及挨饿就已经死在别的事情上了！

不知道为什么，此时我竟然忘记了眼前的危险。我在想，万一我们逃过了眼前的危险，回到了地面上，这时候要是没有吃的，该怎么办呢？

第十四章
打开前方通道

虽然我们活下来的机会非常渺茫,但是万一活下来了,我们又能挨上几天呢?

我想把我的想法告诉叔叔,想让他知道我们的粮食危机,再算算我们还能活上多长时间。可是我却没有勇气开口,害怕叔叔失去理智。

这时,灯光突然暗了下去,哦!它完全熄灭了。黑暗将我们重新笼罩,我的手中还有最后一把火炬,可是它被打湿了。于是,我像个孩子一样闭上了眼睛,不再去看周围的黑暗。

过了一段时间,我们的速度又加快了近一倍。海水变本加厉地向下倾泻着,流速已经达到了一个极限,我们已经不是在下滑,而是在垂直下落!

我感觉自己的身体直直地落下,恍惚中,我感到汉斯与叔叔的手都在紧紧地拉住我。

不知过了多久,我突然间感到猛地一震,紧接着,我们不再下落了,然后一股巨大的水柱砸在了我们身上,我被浇得喘不上气来,觉得自己要被淹死了。

不过,这突如其来的洪水没有一直持续下去,几秒钟之后,我又重新呼吸到了新鲜空气,我大口大口贪婪地呼吸着。

叔叔和汉斯依然紧紧地攥着我的手臂,我们三个人还活着!真好!

平静下来后,我的听觉终于恢复了,然而我听到了什么?好像是海水不断注入木筏下的声音,接着,耳边就传来了叔叔的话:"我们在上升!"

"什么?上升!"我惊叫着。

"是的!我们在上升,上升!"

我伸出手臂,手刚刚碰到岩壁就一下子被划破了。我们的

确是在上升,并且在急速地上升!

"火炬!火炬!"叔叔焦急地喊道。

汉斯费了很大劲儿,终于点燃了火把。火焰由上而下地跳动着,尽管我们在上升,但是它发出的光仍然可以照亮周围的一切。

"和我猜测的一样,"叔叔说,"我们在一口狭窄的井里,它的直径不超过26英尺。海水从下往上涌,要一直上升到水平面的高度,因此我们就会随之一直上升。"

"要上升到哪里呢?"

"我还不清楚,不过,我们要随时做好准备。目前估计我们上升的速度是13英尺每秒,也就是说每分钟将近800英尺,每小时46英里。按照这样的速度,我们很快就会升到地面。"

"可前提是这口井要有出口才行,不然空气在水柱的压力下受到压缩,我们就会被压死的!"

"亨利,"叔叔平静地说,"虽然现在的情况让人绝望,但我们还是有生还的机会。我们随时都有可能死去,但也随时都有可能获救。所以我们要随时准备好。"

"准备什么?"

"吃点东西,恢复一下体力。"

"吃东西?"我不禁悲从中来。

"对,现在就吃!"

叔叔向汉斯用丹麦语又说了一遍,只见汉斯在摇头。

"什么!"叔叔诧异道,"食物都被卷到海里去了?"

"是的,这就是我们剩下的全部食物。"我指了指那块仅剩的肉干和几块饼干。

叔叔看着我,好像不愿意相信我的话。

第十四章
打开前方通道

"现在,您还认为我们能活下去吗?"

叔叔不再说话。

一个小时过去了,我们都感觉到了饥饿,可是谁都没有碰那点可怜的肉干。

我们仍然以极快的速度上升着,并且值得注意的是,我们周围的温度正在不断上升,已经接近40摄氏度了!

这种变化意味着什么?我们是不是要进入到一个可以将岩石完全熔化的严酷高温中去了?我很担心,便向叔叔说道:

"即使我们不被淹死或者饿死,恐怕也会被活活烧死了。"

叔叔耸了耸肩,什么也没说,接着就又陷入了沉思。

又过了一个小时,除了温度稍稍高了一些,其他没有什么变化。叔叔终于打破了沉寂。

"我们应该做出决定了!"

"什么决定?"

"我们必须要恢复体力,如果一直省着不吃这些食物,我们的身体只会一直处于虚弱的状态,如果一旦有生还的机会,到时候我们都没有力气求生了,就只能等死!"

"可是叔叔,吃完了这块肉之后,我们就什么都没有了!"

"对,没有了!什么都没有了!可是,你一直看着它,它就会变多吗?不会!你的想法只能说明你是一个优柔寡断、没有毅力的人!"

"难道您不感到绝望吗?"我气愤地顶撞叔叔。

"不!从不!"

"难道现在您还认为我们有生还的希望?"

"对！一定会有的！一个有毅力的人，只要他的心脏还在跳动，他就不应该绝望！"

叔叔的话说得那么铿锵有力！在这种情况下，还能够说出这种话的人，一定有着超乎寻常的毅力。

"那么，"我说，"您到底打算做什么？"

"把剩下的食物全部吃掉，充分恢复已经失去的体力。这是我们的最后一顿饭，好好吃吧！至少，它可以让我们重新变成一个真正的男人，而不是奄奄一息的废物！"

"那好吧，我们吃吧！"我同意了。

叔叔拿出剩下的那块肉干，和掉在缝隙中的几块饼干，将它们平均分成三份，然后递给大家。

叔叔狼吞虎咽地吃着，看似胃口非常好，但是我却知道，其实他只是机械地咀嚼着。因为我尽管非常饥饿，却还是觉得难以下咽，甚至有些恶心。

只有汉斯依旧小口小口地慢慢吃着，神态自若，仿佛这一切再平常不过了。

也许汉斯和我们一样，同样饥饿难耐，对未知的危险也充满恐惧，可是这个坚强的冰岛男人从来都不会将这些放在心上，也不会表现出来。

只要每个星期六叔叔给他支付酬金，汉斯就会赴汤蹈火，在所不辞。汉斯是一个真正的男人，我从心底佩服他！

叔叔这时站直了身子，因为他看到汉斯的眼中带着笑意。

"怎么了？"叔叔问道。

"杜松子酒。"汉斯说着，扬了扬手中的酒瓶，虽然只有小半瓶，但是对于我和叔叔来说，这已经胜过了琼浆玉液。

"好喝极了！"轮到汉斯喝过之后，他用丹麦语发出赞

第十四章
打开前方通道

叹。

"嗯,好喝极了!"叔叔跟着他重复道。

我的心中又燃起了几分希望。最后一顿饭吃完了,这时是凌晨5点钟。

也许人就是这样,在健康的时候永远体会不到疾病的痛苦;在吃饱喝足之后,就不再担心饥饿。只有到了真正饥饿的时候,才能够体会到那种渴求。对于我们来讲,几块饼干和几口干肉让我们一下子就忘记了之前的痛苦。

可是吃完这顿饭之后,每个人都陷入了自己的思绪中。汉斯是西方人,却有着东方人的宿命思想,对主人无比忠诚,不知道他此时在想些什么。

我的脑海里,充满了对过去的回忆,我想到了地面上的人和物,我有些后悔离开了家。

科尼斯街的房子,可爱的克劳伊,胆小的玛莎,这一切都在我眼前像放电影一样一一闪过,我似乎听见了城市的喧嚣。

叔叔仍然在干着他认为最重要的事,他的手中拿着火炬,仔细地检查着地层的性质,想要辨认出我们所处的位置。

这种估计只能是非常粗略的,但是学者永远都是学者,只要他冷静下来,就一定有非凡的表现。

我静静地坐在一旁,听着叔叔口中不停地说着一些地质学名词,这些词我都明白是什么意思,所以也不由自主地对这些产生了兴趣。

"花岗岩,"叔叔嘟囔着,"我们仍然在原始时期的地层里,可是我们一直在上升、上升,这是怎么回事呢?"

谁知道呢?叔叔一直都充满希望,他用手触摸着垂直的石壁,不一会儿,他又说:"这是片麻岩,这是云母岩。我们很

快就要上升到过渡时期的地层了，这么说……"

叔叔这话是什么意思？难道他能测量出我们头上的地壳厚度吗？不可能的，没有了气压计，什么也算不出来。

气温迅速地上升着，我能感到周围空气的灼热。我还从来没有感受过这么高的温度，估计只有炼钢厂在铸铁时才会产生这样的高温。

这样的环境太让人无法忍受了，我们三个人相继脱掉了身上的上衣，可还是觉得酷热难忍。

"我们是不是要到一个炽热的大熔炉里去了！"

"不，绝不可能！"叔叔坚定地说着。

"可是，"我一边说，一边用手触摸着岩壁，"石壁非常烫手！"

我的手不小心碰到了水面，我连忙缩了回来。

"水也很烫！"我喊道。

叔叔没有说话，却用一个愤怒的手势制止了我。

这时候，一种难以克服的恐惧感占据了我的心头，我无法摆脱。我有一种预感，我们马上就要大祸临头了，我不敢往下想。一些模模糊糊的念头，逐渐变得清晰起来，我怎么赶也赶不走。

我不敢把它说出来，可是我不说，并不代表它不存在。一些我不经意间发现的迹象在证实着我的想法。

借着火把微弱的光亮，我注意到花岗岩层在无序地运动着，某种自然现象很快就要出现了！我要看一看罗盘。

罗盘的指针正在疯狂地乱动着。它剧烈地摇摆，从一端急速地跳到另一端，然后在整个罗盘表面旋转起来。

我知道，根据科学理论，地球的地壳永远都不会处于绝对

第十四章
打开前方通道

静止的状态，由于地球内部物质的分解、释放以及磁场作用，它在不断地发生着变化，令底层不同程度地发生震颤。

而这一切在地球表面上的生物是感受不到的。所以对于这种现象，我并没有感到恐惧，至少没有产生什么可怕的想法。

但是，没过多久，我就又发现了一些不同的状况，让我开始谨慎起来。

周围的爆炸声越来越频繁，而且越来越响亮，就像是成批的马车从石子路上疾驰而过，发出连续不断的声响。

原本受到影响的罗盘更加疯狂地转动起来，这就更加证实了我的想法。

磁力层很有可能会发生断裂，花岗岩石块可能会合拢，地缝被堵死，这里的空间会被填满，我们这几个可怜的人要被压成肉酱了！

"叔叔！叔叔！"我慌乱地喊道，"我们要完了！"

"怎么了？又出什么事了？"叔叔却十分平静地问我。

"您看看！岩壁在震动，石块不停地断裂，温度灼热，水在沸腾，蒸汽不停地聚集，罗盘在疯狂地转动。这些都是地震的前兆啊！"

叔叔轻轻地摇了摇头："地震？亨利，你错了。"

"您难道没有注意到这些征兆吗？"

"这是地震的征兆？不，这比地震要好得多。"

"您这是什么意思？"

"亨利，是火山爆发。"

"火山爆发？"我惊呼出声，"我们现在是在一条活火山的火山管里？"

"我想是的，"叔叔露出了微笑，"这对我们来说，简直

是一件天大的好事！"

"什么？叔叔疯了吧！竟然会说出这样的话，他为什么如此镇定，甚至脸上还挂着微笑？

"什么！"我惊恐万分，"我们真的遇上火山爆发了吗？这里会有炽热的岩浆、滚烫的岩石、沸腾的海水和火山喷发物。我们将随着这些岩石块、火山灰和岩渣雨，在火焰中被抛来抛去，然后再喷射到空中。这就是我们天大的好事？"

"是的，"叔叔透过镜片看着我，"这是我们回到地面的唯一机会！"

我在心里闪现了千百种想法，最后还是觉得叔叔说得对，他正在平静地等待并计算着火山爆发的可能性，我从来没见过这样的叔叔，面容镇静从容、坚定沉着，就像汉斯一样。

我们一直在上升，持续了整整一个晚上。四周的爆裂声越来越强烈，我几乎要窒息了，我觉得我的生命已经走到了尽头。人真的很奇怪，在这种时刻，我竟然回想起了很多往事。

显然，我们是被火山爆发的推力推着向上升的。木筏下是滚烫的沸水，水下则是混杂着石块的岩浆，这些岩浆到达火山口时，就会被喷得四处飞散，毫无疑问，我们现在的确正处在火山管里。

不过，这一次我们不是在斯纳夫尔这座休眠火山里，而是在一个非常活跃的活火山中。

我心里充满了恐惧和疑问，我们是在哪座火山中呢？我们将会被喷射到哪里？

唯一可以确定的是，我们会被喷射到北方地区，因为在罗盘失控之前，指针是一直指着北方的。

自从离开阿尔纳岬角之后，我们已经向北走了上百英里。

第十四章
打开前方通道

我们是否会重新回到冰岛下面呢？是会从赫克拉火山中被喷出来，还是那座岛上其他七座火山中的一个？

在这个纬度上，我只知道美洲的西北角上有一些不知名的火山。在东部，只有一座火山，就是埃斯克火山，它位于N90°的让·麦扬岛上，距离斯匹兹堡不远。

是的，会有很多火山口，而且都很大，估计喷出一支军队都不成问题！可我还是忍不住一直猜测，我们到底会从哪一座火山中出来。

黎明时刻，上升的速度又一次加快了。在接近地面时，气温非但没有下降，反而还在持续上升，这些都是火山造成的。积聚在地球内部的水蒸气产生了巨大的压力，正是这股力量推着我们前进，它也同样带给了我们无数的危险。

一缕褐色的光线透进垂直的通道，通道变得越来越宽。我发现左右两边有许多幽深的坑道，它们像一根根巨大的管子，喷射出浓浓的蒸汽，一条条火舌舔舐着这些坑道的侧壁，发出噼噼啪啪的声响。

"叔叔，您快看！"我急着叫道。

"没错！那是含有硫黄的火焰。火山在爆发时都会产生这样的现象，很正常。"

"可是，如果这些火焰聚集在一起把我们包围住了可怎么办呀？"

"不会的。"

"可就算是没有被包围，万一窒息了怎么办呢？"

"我们也不会窒息的。火山管越来越开阔，空气会进来的，如果有必要的话，我们也可以离开木筏，到岩缝里去躲一躲。"

"那水呢?水在上涨啊!"

"已经没有水了,亨利。只有一种黏稠的岩浆,将我们推到火山口。"

是这样的,水柱已经消失,代替它的是黏稠而沸腾的火山熔岩。温度高得让人无法忍受,如果在这样的空气中放上一根温度计,气温一定会达到70摄氏度的!我汗如雨下,要不是我们上升得很快,一定早就被闷死了!

叔叔并没有像他说的一样——放弃木筏,我认为他的做法相当明智。不管怎么说,这几根简陋疏松的树枝为我们支撑起了一个坚实的立足点,要是没有它,我们早就不知道摔到哪里去了。

大约是上午8点,一个新的意外发生了。我们突然停止了上升,木筏停了下来,一动不动。

"这是怎么了?"突如其来的停顿,让我差点儿被晃倒。

"暂时停止上升了。"叔叔平静地说。

"火山爆发停止了?"

"但愿没有。"

我赶紧站起来看了看四周。心里想着,或许是木筏被某块突出的岩石挡住了,暂时将火山喷发物的力量阻碍了。

如果是这样的话,我们必须赶快让木筏摆脱这块岩石,不然就危险了。

可是情况并不是这样,是火山灰、岩渣和碎石本身停止了上升运动。

"真的停止了!"我对叔叔说。

"你错了,亨利。别害怕,这种停止只是暂时的,相信我,现在已经过去了5分钟,要不了多久,我们就会继续上升

第十四章
打开前方通道

的。"

叔叔一边说着一边看着计时器。这次，他的判断依然是对的。很快，木筏又开始被推动着上升起来。不过，没有2分钟，它又停下了。

"好的，"叔叔看了看时间接着说，"再过10分钟，还会继续上升的。"

"10分钟？"

"没错，孩子。这是一种间歇火山，我们要和它一同喘气了。"

叔叔预计得完全正确。10分钟后，我们又一次急速向上升去。我们必须紧紧抓住木梁，防止被甩出木筏。紧接着上升又停止了。

我对这种奇特的现象思考了很久，可是依然百思不得其解。不过，我觉得我们一定不在这座火山的主通道上，而是处在一条靠近它的次要喷管里，所以才会受到主喷发管的影响，被推力向上推去。

这种断断续续的停止、上升不知道进行了多少次，我已经记不清了，能够记住的，就只有在我们每次上升时，都有一股不断增强的力量在推动着我们。

我们仿佛变成了一堆真正的喷发物，每当木筏停止上升，我们就会立刻感到憋闷得不得了，然而在快速上升时，这种状况也没有得到改善，炽热的空气同样使我们呼吸不得。

此时，我多么希望自己现在是在零下30多摄氏度的严寒地带。我的脑海中浮现出了一幅冰天雪地的场景，我真想在上面打上几个滚，那该多好啊！

可是，在反反复复的停止下，我的头都快要裂开了，脑袋

变得晕晕乎乎的。要是没有汉斯一直扶着我,我不知道要撞上多少次花岗岩石壁。

所以,对于后面连续几个小时里发生的事情,我几乎一点儿都记不得了。隐约中,我听到了连续的爆炸声,感到岩石在颤动,木筏在旋转。

我们在炽热的熔岩流上漂浮不定,穿行在火山灰中,周围跳动的火苗将我们团团围住,一阵狂风吹起,把火焰吹得到处乱窜,我们就像是经历了一场火热的暴风雨。

最后,我看到了汉斯那张在火光照耀下的面无表情的脸,觉得可怕极了,就像是一个被绑在炮口的罪犯,随时都有可能被炸得粉身碎骨。

第十五章 重见天日

天啊！我们此时正处在地中海上吗？啊！多么奇妙的旅行啊！我们从一座火山进去，又从另一座火山出来，而这两者之间竟然足足隔了16000多英里！

这次探险把我们带到了世界上最祥和的地方。我们离开了冰天雪地、人烟稀少的北极，却来到了满眼碧绿、天高云淡的意大利！

当我再次睁开眼睛的时候,我感到了汉斯那只强有力的大手正抓着我的腰带,而另一只手则托着叔叔。

其实我并没有伤到哪里,只是觉得浑身酸痛。我发现自己正躺在一个山坡上。离火山口仅仅一尺之遥,稍微一个不小心,就会再次跌落回火山口去。刚刚是我在昏迷中从山坡上滚落,是汉斯把我从死神的手里抢了回来。

"我们这是在哪儿?"听着叔叔的语气,我感觉他对于我们又回到了地面上感到十分恼怒。

汉斯只是耸了耸肩,看样子他也搞不清楚。

"在冰岛吗?"我问道。

汉斯摇摇头。

"什么?这里不是冰岛?"叔叔感觉不可置信。

"汉斯,你弄错了吧?"我也站了起来。

经历了无数次的惊奇后,回到地面上,我又一次被惊呆了。我以为我们会在北方那个荒无人烟的地方,在北极天空中苍茫的阳光下,看到白雪皑皑的火山锥,空气干燥,气温寒冷。可事实却是:我们正在一个半山腰上,太阳炽热地烘烤着我们和身后的大山。

我一点儿都不敢相信自己的眼睛,可是我那被太阳暴晒着的身体却容不得我有一丝一毫的怀疑。

我们半裸着身体离开了火山口,强烈的阳光洒在我们身

第十五章
重见天日

上。在地下的两个月，我们从未见到过太阳，而此时，太阳正慷慨地把一切光和热都贡献给了我们。

起初，我的眼睛还适应不了如此强烈的光线，等到我逐渐习惯过来之后，我才把周围的景物看得更加真切和清楚。

"这里的确不像是冰岛。"叔叔过了一会儿，开口说道。

"那是不是让·麦扬岛？"我问。

"也不像是，从花岗岩山坡和山顶的积雪来看，这里不是北方地区的火山。"

"可是……"

"你看，亨利。"

叔叔指着我们头顶上方500多英尺的地方。我望过去，看到火山正张着大口，每隔15分钟就喷出一根高高的火柱，里面夹杂着浮石、火山灰和岩浆，同时还伴随着剧烈的爆炸声。

我可以清楚地感受到大山的强烈震动，它就像一条巨大的鲸鱼，不时地从那巨大的鼻孔中喷出火焰和热气，就像是鲸鱼在喘着粗气。

在它的山脚下，火山喷发物沿着陡峭的山坡正一层一层往下流淌着，流向低处。这样看来，火山的高度还不到2000英尺。熔岩消失在一片郁郁葱葱的树丛中，我看到了橄榄树、无花果树和挂满葡萄的葡萄藤。

我继续向远处眺望，视线又停留在了那一大片美丽的湖面上。这里所有的一切，组成了我们脚下这个宽度仅为几千英尺的小岛。

在东边太阳升起的地方，一个小海港映入眼帘，港口前坐落着几处房屋，港口内，几只形状奇特的小船随着蔚蓝色的海波摇曳着。

再远处，一串小岛浮在水面上，数量众多，宛如一颗颗连成一串的珍珠。

西边，遥远的海面在地平线上划出一道优美的弧线，有些海岸上，矗立着一条条淡蓝色的山脉。

更远一些的海岸上，有一座高得出奇的火山锥，锥顶上缭绕着一层薄薄的烟雾。

北面，一望无际的水面在阳光的照射下熠熠生辉，随处可见挺立的桅杆和鼓足的风帆。

风景出乎意料的美丽，为这里的湖光山色增添了别样的魅力。"可是我们现在究竟在哪儿呢？"我一个人自言自语着。

汉斯对这些都漠不关心，闭上了眼睛。叔叔则满脸疑惑地望着眼前的一切。

"管他是什么山呢？"叔叔终于说道，"这里这么热，爆炸还没有停止，要是我们一直待在这里，头被岩石砸到的话，就白从火山口里活着出来了！我们下山吧！再看看这究竟是什么地方。一定会有办法的，何况我现在又饿又渴！"

好吧，叔叔说这话的时候根本就没有经过深思熟虑。要是我的话，我宁愿先忘记这些劳累，然后在这里多待上一段时间，可是我没有办法，只能跟着他们走。

火山的斜坡又陡又滑，我们特意在火山灰里往下滑，躲避着那火蛇般的岩浆流。

在下滑的过程中，我的脑子里产生了很多想法，实在是忍不住，所以一路上我都滔滔不绝。

"我们在亚洲！"我大声说着，"在印度洋的海边，在马来西亚的岛上，在大洋洲的中心！我们穿过了大半个地球，来到了和欧洲相对的另一端！"

第十五章
重见天日

"那罗盘呢？"叔叔说，"罗盘指向什么方向？"

"哦……罗盘，"我有些尴尬地说，"按照罗盘的指示，我们在一直向北走。"

"这么说是罗盘有问题，它骗了我们？"

"应该不会吧？"

"除非这里是北极。"

"北极？怎么可能……"

我欲言又止，因为我也搞不清楚。

这时候，我们走进了那片之前看到的绿树林。我早已经饥渴交加了，好在我们走了两个小时后看到了一片村庄。这里可真是个好地方！到处都是橄榄树、石榴树还有葡萄树，它们好像属于所有人。

我们刚从火山里出来，已经筋疲力尽、饥渴难耐了，这时候也不管这片果园是不是别人的了，赶紧把这些美味的水果塞进嘴里，大口大口地咬着那一串串紫红色的葡萄，简直太享受了！在不远处的草丛里，我们还发现了一眼清冽的泉水，便立刻将手和脸浸泡在里面，真是从里到外地感觉到清爽。

正当我们心满意足地在这里歇息时，一个小孩儿突然出现在了树丛之间。

"啊！"我大声叫喊起来，"一个居民！"

这个孩子穿得破破烂烂的，看起来体格十分虚弱。估计是我们的样子把他给吓坏了，其实我们现在的样子确实没法见人，半裸着身体，胡子拉碴，非常难看。

正当这个小孩儿吓得拔腿要跑的时候，汉斯追了上去，不顾他的叫喊踢打，把他硬拉了回来。

叔叔让自己尽量温柔下来，然后用一口纯正的德语问道：

"小朋友,这是什么山?"

可是孩子没有任何回答。

"看来我们现在不在德国。"叔叔说道。

接着叔叔又换成英语问了一遍。小孩儿还是没有回答。

"难道他是个哑巴?"叔叔不解地问。可是他没有放弃,又用法语问了一遍。小孩儿还是不说话。

"那我再用意大利语试试。"叔叔嘟囔着。

然而,回应我们的依然是一片沉默。

"怎么搞的!你到底会不会说话呀!"叔叔开始生气了,他扯着孩子的耳朵大声问道,"这个岛到底叫什么名字?"

"斯德隆布利岛。"孩子用意大利语回答,说完这一句,就挣脱开汉斯,飞快地逃走了。

"斯德隆布利岛?"我喃喃地重复着。

天啊!我们此时正处在地中海上吗?啊!多么奇妙的旅行啊!我们从一座火山进去,又从另一座火山出来,而这两者之间竟然足足隔了16000多英里!

这次探险把我们带到了世界上最祥和的地方。我们离开了冰天雪地、人烟稀少的北极,却来到了满眼碧绿、天高云淡的意大利!

我们在吃够了那香甜的水果,喝饱了那甘甜的清泉之后,又继续出发了。我们向斯德隆布利港走去。我们没有向当地的居民说清楚我们是如何来到这里的,因为根本不会有人能够理解,说不定还会把我们当成什么妖魔鬼怪。所以我们伪装成沉船的幸存者。

一路上,我总能听到叔叔在那儿一个人自言自语:"罗盘为什么会指向北呢?到底是怎么回事呢?"

第十五章
重见天日

"为什么要去解释它呢？不去想那么多不是更好吗？"我问道。

"不解释清楚怎么能行呢？我可是堂堂约翰大学的教授，要是连这点东西都解释不清楚，那我还当什么教授！"

叔叔说这句话时，半裸着上半身，腰带上佩戴着真皮钱包，鼻梁上架着眼镜。这副打扮好像又把他变成那个严谨认真的地质学教授了。

离开那片绿树林一个小时后，我们走到了圣·维桑齐奥港。汉斯在这里向叔叔要了他第十三周的酬金。叔叔付过钱后，热情地握住了汉斯的手，显得格外高兴。

汉斯虽然没有像我们一样，流露出激动的神色，却不经意间做出了一个异常的举动。汉斯用指尖轻轻地按了按我们的手，然后满意地微笑了起来。

我们的探险之旅就这样结束了。有许多人都质疑我们这次旅行的真实性，不过，我们对此早就已经习惯了，根本不愿意去理会。

斯德隆布利岛上的渔夫们把我们当作失事海船上的幸存者，给予了我们很多友好的帮助，还为我们送来了许多衣服和食物。我们在那里待上了两天。

8月31日，我们登上了一艘小型的帆船，来到了墨西拿。在那里又好好地休息了几天，我们完全从疲劳中恢复过来了。

9月4日，我们登上一艘法国皇家邮轮"奥尔沃纳"号，3天后，我们在马赛港上岸。

这段时间，我的脑子里一直都在想一个问题，那就是罗盘到底出了什么问题。可是迟迟也想不出缘由，这让我的心中有些烦躁。

9月9日的晚上,我们终于回到了汉堡科尼斯街的家中。保姆玛莎见到我们惊讶极了,激动得什么话都说不出来。

大家猜一猜哈德教授的归来会不会轰动整个汉堡城呢?由于玛莎得知了这个消息后太过惊讶,于是逢人便讲,叔叔去地心旅行的消息早就在城内闹得沸沸扬扬了。

可是没有人相信,如今,看到叔叔平平安安地回来之后,就更加不相信这件事了。

不过汉斯的出现,再加上许多从冰岛传来的各种消息,让大家逐渐改变了这一看法。

于是,叔叔成为了一个相当伟大的人物。而我则是这位伟大人物的侄子,这也非常不错!汉堡市为我们举行了一场盛大的宴会,约翰大学也组织了一个报告会。

叔叔在这次报告会上详细地介绍了我们探险的经过,但是一直都没有提到过那个奇怪的罗盘。

当天,叔叔还把阿尔纳的那张羊皮纸存入了汉堡市档案馆,并表示了莫大的遗憾。

叔叔对大家说,虽然他意志坚定,想要不顾一切地到达地心,但是因为当时的环境因素,他实在是无法与之抗衡,所以并没有做到,对此他表示遗憾。由于叔叔谦虚的态度,人们更加赞赏他,叔叔的名声也传播得更远了。

当然,过多的荣誉和赞赏必然会招来他人的嫉妒,叔叔也不例外。更何况,叔叔的理论与地心热量的理论相违背,所以,他和全世界的科学家们多次进行了笔战和舌战。

其实我也不同意叔叔的地心冷却说。虽然我亲身经历了这次探险,目睹了这一切,但我还是相信地心是存在热量的。

不过,我也承认,在自然现象的作用下,一些未知的因素

第十五章
重见天日

可能会改变这一规律。

这段时间还发生了一件让叔叔非常遗憾的事情。就是无论叔叔多么坚持诚恳地挽留,汉斯还是决定离开汉堡。如果这次没有汉斯的帮助,我和叔叔根本不可能活着回来,我们一家人欠他太多太多了,多么希望他能够留下来啊!可是汉斯却不愿意再向我们索取任何东西,他实在太想念冰岛了。

"再见。"汉斯走的时候只留下了这样一句简单的话,就回冰岛去了。我们对他真是依依不舍,他的一举一动都深深地刻在我们心里。希望我在有生之年,还能再与他相见!

最后,我还要补充一点:这本《地心游记》轰动了全世界。它被翻译成各国的文字,在全世界流传开来,广受欢迎。无论相信还是不相信的人都在讨论它,热捧它。

叔叔由于这次探险得到了终身的荣誉,在巴尔努先生的建议下,叔叔去美国进行了巡回演讲,获得了丰厚的报酬。

一切看上去都那样美好。可是叔叔依然在为罗盘的事情苦恼着,罗盘为什么会一直指向北方呢?叔叔始终找不到答案。

对于一个科学家来说,无法解释的现象就是对心灵的折磨。好在上帝善良,决定给予叔叔全部的快乐。

一天,我正在他的书房里整理一大堆矿石标本。无意中发现了那只著名的罗盘,它已经静静地躺在那里半年多了,一点儿也没意识到它为别人带来了多大的困惑。

我拿起罗盘,观察了很久,突然,我发现了一件惊人的事情,不禁一下子大叫出声。叔叔听到了我的声音,连忙跑了过来。

"怎么了,亨利?"叔叔问道。

"这个罗盘……它指着南方!而不是北方!"

"你说什么?"

"您自己看!"

叔叔立刻把罗盘拿了过去,又把它和别的罗盘对比着,观察着。突然,叔叔猛地一跳,连房子都震动了。

啊!我和叔叔一下子豁然开朗。

"原来是这样!"叔叔大声叫道,"我们在到达阿尔纳岬角的时候,罗盘的指针就指反了!"

"所以我们才会弄错了自己所处的地理位置,可到底是什么原因才导致罗盘两极颠倒的呢?"

"这很好解释。"

"说说看吧,孩子!"

"还记得我们当初在哈德海上遭遇风暴的时候,有一个向我们砸落的大火球吗?那团火球将我们木筏上的铁器全都磁化了,罗盘上的指针也不例外。"

"原来如此!"叔叔发出了一阵爽朗的笑声,"原来是电磁搞的鬼!"

从那天起,叔叔就成为了这个世界上最快乐的科学家,所有的烦恼都一扫而光。他成为了世界各大洲所有科学、地理和矿物学的通讯会员,每天都忙得不得了,不过,我相信他一定乐在其中!

而我,也成了世界上最勇敢的孩子,我们一家人快乐地生活在科尼斯街那栋大大的房子中,真是幸福极了!

"意林·少年幻兽师"系列

一段少年英雄成长史，一部异世妖兽山海录

第7册《上古神话的开启》磅礴来袭
黑龙骑士大战塔罗高手，神奇动物变身超能宠兽

作者：雨 魔
出版社：吉林摄影出版社
上架建议：励志 / 校园 / 成长

"意林·山海经"系列

《芈月传》作者蒋胜男倾力推荐！

智慧、勇气、冒险、情义……尽在少年热血时！

第7册《应龙之殇》现已上市！
第8册即将上市！

作者：墨清清 周 飞
出版社：吉林摄影出版社
上架建议：励志 / 校园 / 畅销小说

"意林·猎神传"系列

一个万众瞩目的猎神传奇，
一段大气磅礴的异界之旅。

集幻想、悬念、推理、神秘、冒险为一体。
现代校园与古代神话元素相结合，让你在紧张刺激的冒险故事中增长见识，大开眼界！

作者：笑晨曦
出版社：吉林摄影出版社
上架建议：励志 / 玄幻 / 校园 / 畅销小说

"意林·5班乐翻天"系列

生活的笑料 = 写作的调理
听幽默故事，写高分作文

校园幽默派小说领军人物、冰心儿童文学奖获得者伍剑烹饪的幽默大餐！
③《谁都不许笑》 ④《光荣进步生》现已火爆上市！

作者：伍 剑
出版社：吉林摄影出版社
上架建议：幽默 / 成长 / 校园 / 畅销小说

"意林·萌武侠" 系列

2016年大白鲸幻想儿童文学一等奖获得者黄文军/2016年冰心儿童文学新作奖获得者钟锐强势加盟

作者：黄文军、钟锐、林风、岳炜
出版社：吉林摄影出版社
定价：22.80元/册
上架建议：成长/武侠/校园

新概念有声少儿武侠小说
培养好品格，做敢于担当、勇于挑战的好少年！
少年萌侠闯江湖，欢脱有爱铿锵行！

"意林·魂武士" 系列

男孩女孩的成长冒险书
横扫欧美的超能变身小说
当普通学生拥有无上能量
世界将因此而改变！

作者：[美] H.K. 瓦里安
出版社：吉林摄影出版社
上架建议：励志/玄幻/校园/畅销小说

一面是普通得不能再普通的学生，一面是消失了几个世纪的上古神兽，看魂武士们如何打怪升级，拯救危难世界吧！

《意林·儿童绘本》

中国儿童绘本有声杂志品牌
中国绘本教育联盟指定读本

免费下载动画版，游戏、涂色、探险……样样都能玩！
扫码就能听故事，解放爸爸妈妈！

《意林·少年版》

中国少年有声杂志品牌
开启学生杂志"听"时代
7~13岁孩子口袋里的放心读本

1本《意林·少年版》=1本炫彩纸质杂志+1本立体有声读物+1本超值电子拓展版